2017.8

妈妈离婚记

The Story of the Mother's Divorce

毛冷瞪 著

海峡出版发行集团 | 鹭江出版社
THE STRAITS PUBLISHING & DISTRIBUTING GROUP | LUJIANG PUBLISHING HOUSE

2017年 · 厦门

一

我二十一岁，上大学三年级的时候，我妈突然给我打电话。

语气还是那柔柔弱弱的语气，态度还是那平平淡淡的态度，她说：“小五，我决定跟你爸爸离婚了。”

当时我根本不信，觉得肯定是个恶作剧。我说：“好啊，我支持你！”直到晚上我爸给我打电话，沮丧得像根放了半年的葱，我才发觉这事情是真的。

那时候也没什么课，我假也没请就买了火车票回家。我知道爸妈的事是爸妈的事，如果他们能给出合理的理由，我绝对接受。可是我在火车上想了一夜，实在想不出他们出过什么非要离婚的事儿。

别人的爸妈有过很多很多问题，争吵、冷战、找外遇、争财政大权，我家从来没有过。叔叔阿姨们都说我爸妈是难得一见的好夫妻，我妈贤惠脾气好，我爸老实又开朗。我从没见过他们吵架，也没见过他们摆臭脸或是冷战。我爸每天下班回家，就跟在忙着做饭的我妈屁股后面，把一天出了什么事悉数讲给她听。有什么好笑的事啦、有什么人不厚道啦、有什么事情出了岔子啦、有谁惹他生气啦、有什么晋升机会没争取到啦。

我妈总是认真听着，帮他骂讨厌的人、给他出主意。每逢他没自信、感觉沮丧的时候，我妈总是鼓励他、夸他，跟他分析事情会有什么转机。

小时候，常常是我和我爸在打电脑游戏，开怀大笑，我妈在做饭打扫卫生，经过时对我们笑一笑，或是看一眼电脑评价一下战局。长大后见识了别人的父母，我开始觉得，我爸在我家好像也是个小孩子，就像是我的哥哥。他跟我一起玩，周末跟我一起睡懒觉，跟我抢着对我妈唠叨一天发生的琐事。

别人家的父母吵架的事，大大小小的，我妈好像从来没有在意过。男人不做家务要吵一架，男人工资不上交要吵一架，男人出去喝酒打牌夜不归宿要吵一架，男人和别的女人开开玩笑也要吵一架，这些事我妈都不在意，还跟着我爸一起开玩笑。我爸从来不交工资，喝酒回来高高兴兴给我妈讲有意思的事，我妈也听得高高兴兴，哪个女的漂亮啦、哪个女的聪明啦，我爸也都一概告诉我妈。

我爸像个小孩子，在家说话开玩笑没正形，常常嘲笑我妈，说她笨手笨脚啦，说她长得难看啦。我妈从来不生气，就用手里的毛巾甩他一记了事。

这些和谐的往事历历在目。可如今，却三个人坐成三角，在讨论离婚的问题。我爸坐在沙发上，我妈坐在餐桌旁边，我坐在茶几上，我们家的猫小七趴在我妈腿上。

“闺女这么大了，也不用考虑跟谁，咱们也没啥财产纠纷，我搬到我名下那套房子里。租客刚搬走，我就搬过去好了。离婚了还是朋友，你有什么需要帮忙的尽管跟我说。”

我妈这话说得很和气，神态如常。可是我爸明显搞不懂何来如此晴天霹雳。连我爸都不明白，我又如何能明白。

我问：“总有个原因吧？”

“我这辈子过了一大半了，实在想为自己做件事。”

为自己做件事？这是什么诡异的理由？

临回来之前我把这事跟我宿舍的姐妹张晓婉说了，她说：“真奇怪。到了这个年纪离婚，都是男方有了外遇，女方想到自己年老色衰，宁死不答应。”她又说：“你爸不会有外遇了吧？”

我连连摆手，说：“我爸不但没有那个胆，连那个心都没有。”

她说：“你怎么知道？知人知面不知心！”

我突然问我爸：“你不会有外遇了吧？”

我爸像中弹一样猛地抬起头，大声说：“我要是有外遇，出门就被车撞死！”

这还有什么好怀疑的？

我想了想又问：“妈，不会是你有外遇了吧？”

我爸瞪大眼睛，一脸悲愤地盯住我妈。

我妈无奈地一笑说：“你妈又老又丑，哪来的外遇啊！”

我爸像个孩子一样嚷道：“胡说八道！我们单位的老孙每次一起吃饭都盯着你看！难道是老孙？！”

我妈瞪了我一眼说：“这死丫头，就会把事情复杂化！”

我只好有气无力地说：“好啦，我相信我妈。妈，你也不老不丑。”

我爸又像根半年葱一样蔫下去。

我妈生我的时候才十九岁，哪里老。她只是不打扮、不保养，在家里蓬头垢面的，出门也只是梳梳头，穿点干净的衣服。

我接着说：“妈，你提出这么大的事，你不给我一个解释，你也得给我爸一个解释。你看我爸可怜见儿的，他要是做错了什么事，你说说看啊，你连个改正的机会都不给他啊？”

我爸跟着我的话，继续看着我妈，一双可怜巴巴的眼睛里满是赞同。

“小五，你觉得你爸有哪里不好吗？有什么需要改的吗？”

我摇了摇头，转念一想，总得说点什么开个头啊，于是我说：“我爸跟个小孩似的。”

我爸死死瞪了我一眼。

我妈笑了：“跟个小孩似的没什么不好，多可爱啊！”

“可爱你还要跟他离婚啊？你舍得吗你？”

我爸立刻像个复读机道："你舍得我啊你？"他梗起脖子，带着哭腔说："我告诉你！我不跟你离婚，我有错我改，你要是真有什么事，我也能接受，反正我不跟你离婚！"

我妈好像自己重大的决定和毕生的心愿遭到了阻挠一样，长长地叹了口气。三个人无言地呆坐了几分钟，我妈起身进了厨房。

我看着我爸的样子真心疼啊，他就像一个从小被妈疼被妈爱的小孩子，好端端地突然被告知，我不要你了，你是孤儿了。他搞不清自己到底错在哪里，小心脏哇凉哇凉的。他也站起身，把自己关在房间里，过了好长时间都不出来。

我到厨房跟我妈说："你去劝劝我爹啊，他都关在屋里半小时了。我帮你看着锅。"

我妈把炖鸡的火拧成小火，擦擦手进了房间。

我当然没忙看锅之事，而是扒在门上偷听他俩的动静。

我爹哭了。一个老爷们儿，四十好几了，工作也小有成就，长得也人高马大的，却在屋里关起门，哭得说话都一抽一抽的。

他说："你就这么想离婚，就铁了心扔下我一个人啊？"

我在门外也掉了眼泪，真想摸摸他的头哄他别哭。我知道我妈肯定已经在这么干了。

我听见我妈柔声细气地说："老徐啊，你二十岁就跟我谈恋爱，到如今闺女都快大学毕业了，连别的女人大腿都没摸过。"

我爸叫道："我摸过！"

我妈说:“你舅妈大腿扭了，你帮她按摩那也算啊?”

“我舅妈不是女人啊?你还想把我推到别人那儿?谁我都不稀罕，我跟谁都不熟!你跟我离婚，我怎么办啊?我再也吃不上炖鸡腿了。”我爸哭得越发惨烈。

半天，只有我爸的抽泣声。

我妈说:“你跟我在一起之前，自己住单身宿舍，什么饭不会做啊，以前你还做鲫鱼汤给我喝呢。”她又叹了口气说:“都是我把你惯坏了。”

我爸的抽泣声渐渐没了，他们俩在屋里沉默着。

吃饭的时候，也没人说话。我觉得如坐针毡。

吃完饭我妈要收拾碗，我爸突然叫道:“你别动，我去刷碗。”

我也突然叫道:“你们都别动，给我坐下!”

他们俩都吓了一跳，乖乖坐下。

“妈，你提出离婚没有合理的解释，我们都不接受。当然这事不关我屁事，但是我替我爸不接受。不过呢，你这想法也不是完全不能实现。咱家不是还有一套房子吗?你先搬过去，你们俩分居一阵子，冷静冷静。像你说的，这段时间我爸有事还能给你打电话。但是爸你也不能撒开了给我妈打电话，人家想要自己的空间，你给人家一点自己的空间，不然我妈分居得没意思，以后就不回来啦。”

我爸想了半天说:“那也得有个时间限制吧，不然分居得没完没了，等我都死了，跟离婚有什么区别？”

我妈说：“那就五年吧。”

我爸又跳起来：“五年？五年我早就默默死在家里了！”

我打断他：“爸你别老把死挂在嘴边儿上，不嫌晦气！妈，五年也太长了，五年以后我孩子都能打酱油了。咱们就两年吧，你们俩随心所欲过一段属于自己的日子，万一双方都遇见更好的了，到时候再离婚也不迟，也不至于弄得伤心欲绝的。”

“我看你妈已经遇到更好的了，憋着劲要改嫁呢！”

我妈又叹一口气，学嘴道：“我要是现在要改嫁，出门就被车撞死。”

于是这事就这么定了。我爸被巨大的打击压弯了腰，整天不言不语，下班回来谁都不理。我在家又待了半个多月，帮我妈搬家，又整天给我爸做饭、帮他收拾屋子，真把我累得够呛。

我妈说：“小五，妈任性，辛苦你了。”

我说：“你跟我说清楚是怎么回事之前，别扯这些没用的。”

我爸说：“你看你妈有没有跟别的男的勾三搭四？”

我说：“我老去突然袭击，从来没有发生过类似的事！”

我爸又说：“你帮我盯着点，发现了就赶紧告诉我，我去揍那狗娘养的！”

我哭笑不得地说：“你还真怀疑我妈有外遇了，你自己不是老说她是又老又丑的黄脸婆吗？”

“是啊，她就是黄脸婆。真有外遇，我才要离婚呢。我现在是黄金单身汉，什么如花似玉的小姑娘找不到啊我！”

我实在懒得搭理他了，到了这个地步，还嘴硬个屁。

这期间我还给我妈的闺蜜马阿姨打了个电话，马阿姨说让我自己去问我妈。

我只好又自己去问我妈。花猫小七正在洗脸，搬家的时候，我爸极力争取留下小七。这两人现在不用争夺我的抚养权，竟然煞有介事地争夺小七的抚养权。我担心小七跟着我爸会被饿死、会被眼屎糊瞎。不幸的人已经够多了，小七不能再被牺牲了，于是我竭力帮着我妈争小七，结果小七就在新家过上了幸福生活。我嗑着瓜子，喝着我妈煮的奶茶，声色俱厉地说：“现在我爸不在场，你还是老实交代了吧！我跟你是一头的你不知道啊，有什么破事我不能帮你兜着啊？！”

我妈一脸窘迫：“小五你别逼问我，我这些零碎的事跟你个毛丫头实在没脸细讲啊。”

我怒道：“毛丫头？你拍拍胸脯自己想想，你敢说我不懂事？我还是个小屁毛丫头？”

“你还没有男朋友，这些事说了你不能理解。”

“你不说你怎么知道我不能理解啊？你要是再不说我就把马阿姨绑架了，插竹签子灌辣椒水逼问她！”

我妈一挥手："算了算了，回头咱们俩叫上马阿姨一起喝个茶吧。"

马阿姨是我妈的发小，出生就在我妈出生的医院隔壁床，她们两个生日也没差几天。她们幼儿园、小学、中学、中专都是一个班。我妈生我的时候，马阿姨也在里面陪着。那时候马阿姨还是个姑娘，而且还晕血，当场就晕过去了。两个人从小耳鬓厮磨长大，互相没有任何秘密。

马阿姨和我妈性格不一样，她又泼辣、又嘴快。她人漂亮，但是脾气坏，又挑剔，愣是快三十岁了才嫁出去。她老公是个老好人，总是点头哈腰的，八竿子打不出一个屁来。婚后她生了个儿子，如今儿子还是小学生。她和我爸多年来互相看不顺眼，据说还大打出手过。

这天喝茶，马阿姨打扮得好像个二十八岁的摩登女郎，长长的头发拉得溜直，一下一下甩到肩后。在茶餐厅一坐下，就点起一支烟来。

她先来了顿："小五我几年没见过你啦，一看就是大学生了，长得这么漂亮，就是赶不上你妈年轻的时候。"

我跟她斗嘴："阿姨你这话说得就不好听了，什么叫我妈年轻的时候，我妈现在就难看啦？"

她指着我妈恨铁不成钢："她好看个屁，你看看这头发，你看看这破衣服！"客套半天，转入正题："小五，你妈日子过得多苦你可不知道。她小时候跟我差不多，有一次在大雪天跟你爸吵架，鼻涕一把泪一把跑到我这儿，跟我说甩了他一个大巴掌，发誓要跟他分手。结果这个灰人，什么都只是过过嘴瘾，到现在崽子都这么大了。”

马阿姨叫我崽子也算是叫了二十多年，我早就习惯了。谁曾经不是个崽子。

我妈对我说：“你没交过男朋友，你不知道，跟一个傻了巴唧的老爷们儿过日子，有多少委屈受。他什么都不懂，什么都不迁就。谈恋爱的时候，我跟你爸三天一大吵，五天一小吵。你爸那时候年轻气盛，有点二百五。我一直一直都想分手，直到我怀了你，这辈子跑不了了。我就想，吵过这么多架，都没有用。道理都说不通，还不如不要吵了。既然要过一辈子，那就把委屈都忍了。吵一架还这样，不吵架也这样，吵架还伤感情，还不如别吵架。所以我再也不跟你爸争，什么都让着他。他的毛病我也不说，他早晚自己能发现。

“小五，你估计没看出来，妈妈是个大醋罐子。你上初中的时候，有个迈阿姨来咱们家吃饭，你记得吗？她年轻漂亮，又聪明又机灵，给你爸爸当助理，你爸爸整天回到家夸奖她，三天两头请她吃饭。其实你爸老实，他不会干对不起我的事，只不过心眼子太实。”

“什么心眼实，那是缺心眼！”马阿姨插嘴道。

我妈没理她，继续说：“这些事妈觉得跟你说太丢脸。可是仔细想想，你这孩子从小就懂事，什么事都看得透透的，我也不把你当小孩儿了。后来呢，那个迈阿姨以为你爸爸在追求她，就对你爸动了心。

“你爸又说他没那意思，这下子小姑娘受不了了。本来没多深的感情，一发现自己自作多情，这感情就变得情深似海了，要死要活了。于是她就开始大肆地追求你爸爸，要么就撒娇，要么就以死相逼，你爸爸什么事都回来告诉我。

“那时候你爸爸也有点动摇，不是为别的，他是觉得这小姑娘太可怜了，对他感情那么深，他要是回绝人家，人家真的上吊自杀怎么办？结果呢，人家小姑娘整天缠着他，他又一天到晚地跟人家促膝长谈，经常喝茶聊天到深夜，人家更觉得他其实有那意思。这事情纠缠不休，直到后来，姑娘耗不下去了，非要你爸给她一句准话，逼他离婚，不离婚就自杀。你爸这才烦了，跟她发火，姑娘打了他，他觉得颜面大失，开除了她，断了联系。

“这就是这么多年的事里，我拿出一件闹得比较大的给你讲。不知道你能不能想象到，我是他的妻子，从那姑娘第一次来，我就看出她不对劲。可是你爸不管，硬要跟她来往，出了事又不当机立断，而且什么事都回来跟我讲，话里话外都是欣赏她，疼惜她。这事儿两说，一来他什么都跟我说，也算值得信任；可二来，当人妻子的人，整天听这话，心里跟被刀割被火烧一样。我多想发顿脾气啊，我多想威胁他说再不断就离婚啊。可是我知道没用的，一句难听话都没说。

直到现在你爸还没事就提起这个小迈，还在说她年轻的时候真漂亮。

“这样的事儿，这些年出得太多了。你爸人不坏，只是缺心眼。”

我听得都心肝疼。我交过男朋友，只不过我妈不知道罢了。我的男朋友多看别人一眼都不行。若是我男朋友这么折腾，我一定大嘴巴伺候，狗屎扣在他头上，扬长而去。

我爸确实常常在我们家夸奖别的女人漂亮，还顺便贬低一下我妈。我一直觉得我妈脾气真好，从来没想到她心里也憋着火。

我妈说：“这事啊，放在哪个男的身上都一样。哪个女人不是包揽家务还要上班，哪个女人不是受了欺负，说了还要遭嫌弃。”

马阿姨扬声道：“我家老王怎么就不这样？”

我妈说：“那是你命好。”

马阿姨又说：“你妈生病，高烧不退起不来床，你爸还让她做饭，帮他熨衣服，连杯白开水都不给她倒。你妈腰不好，疼得晚上睡不着觉，可是这么多脏活累活粗活，什么时候你爸沾过手？”

我妈说：“小五，妈不是觉得委屈。你以后再大点就知道，天下乌鸦一般黑，你爸这么老实不乱搞的男人，天下难找。他其实也疼我，对我也好。我感冒发烧，觉得冷，他一个晚上搂着我睡，一点不怕被传染。只不过，妈忍了半辈子，在家里没说过一句想说的话。这些原本都不是事，可是……”她脸红了：“现在我到更年期了。有时候小七多叫几声，我都烦得要死。你不知道，上次我擦灶台，一块油擦不下来，结果我突然失控，把碗砸了好几个。”

我瞠目结舌，心想怪不得我最喜欢的那个碗不见了。

“你爸再给我讲他单位的事，有时候叨叨没完，我手心痒痒死了，真想打他。心想这么大的人了，屁大的事都不能自己做主。我最近腰更酸了，看他那个懒洋洋的样子，好几次都想用扫帚抽他。可是在他面前我忍惯了，你让我说，我一句话都说不出来。前一阵子我失眠了一个礼拜，一到夜里，心慌气短，看满天上都是鬼影儿，我都快疯了。小五，我太累了，手上有这么多事，一件都推不掉，一看见你爸的脸，火就‘噌噌’地往头上冲。我怕我哪天实在忍不住，把这么多年的委屈全扔到他脸上。他心里得多难过啊，还不如就分开算了，也算互相留个好印象。”

我无话可说。我想说你隐忍是自己选的，我爸也是你惯坏的，可是又想，若是不这样隐忍，像一般夫妻那样生活，摔桌子打板凳大声嚷嚷，日子难道就好过一些吗？

她又说：“上次我去了医院，查出来小叶增生已经很严重了。医生劝我有事别憋在心里，对身体不好，这话我听了很多年，但是没办法啊。小五，妈妈性格太懦弱，遇到解决不了的事就只想逃跑。”

她喝了口茶，沉默半天，又说：“还有个原因，我实在不好启齿。这些年你爸一直对我有意见，看着我这也不好那也不好，手脚又笨，又不好看，又不会说话，带出去不给他争脸。我从年轻的时候就一直在想，真应该把他甩掉，让他和别的女的处处试试，看看别的女的是什么样子。别的女的能受得了他这个样子吗？别的女的愿意为他做这么多吗？当年那个小迈，她年轻娇气，恨不得能让你爸帮她洗脚。你爸和别人过得下去吗？他第一个女朋友就是我，他什么都不懂啊！”

我有气无力地说：“我爸的性格你又不是不知道，他说你不好都是跟你闹着玩的，要是真的，他至于一把鼻涕一把泪地求你别离婚吗？”

马阿姨兴高采烈：“哎呀，老徐都哭啦？”

我们俩谁都没理她，我妈接着说：“真的也好，开玩笑也罢，这么多年我辛辛苦苦地做他的妻子，一句好话都没听过。哪个女人不想听听人家夸自己漂亮，夸自己贤惠啊？要是只有孬话，还老夸别的女人好，谁能忍得了啊？”

马阿姨又来劲了：“小五，你妈妈以前多漂亮，你记得吧？三十多岁了，还像根水葱似的，她那个时候也吹头发，也穿高跟鞋。可是你爸一个劲地说她难看，还拿她跟小迈比。小迈个丫头片子屁股还没长开呢，能跟你妈比吗？你妈是伤透心了，从此再也不打扮了。她跟我说，嫁给一个男人，打扮了就是给他看的。他不觉得好看，打扮还有个屁用。”

我替我爸争辩道：“他那是嘴硬，你看他这两天还在说你难看，可是别的男人多看你一眼，他都要跳起来打人。”

马阿姨说：“他那是觉得你妈不检点，哪回有男人追求你妈，他不是一心怀疑你妈勾引别人？”

我知道我爸刀子嘴豆腐心，可是这些事办得确实够二百五的。我简直都没法帮他说话了。

我想起小时候，我不懂事哭闹，我爸冲我发火，把我吓得躲在屋里发抖。我妈抱着我，一直跟我说：爸爸工作辛苦，爸爸心情不好，我们一定要体谅爸爸，给爸爸端茶，给爸爸送面条吃，给爸爸讲笑话。好多人都夸我懂事，现在一想，我之所以懂事，都是因为我爸太不懂事了。

我妈说：“我非要离婚，其实也是一时到了气头上。我心想，我一个人孤独终老，又有什么关系，本来就是我自己把什么活都干了。以后老了，生病他也不管，残废了他也不管，干吗要跟他继续过下去？大不了，我还有我闺女疼我呢。你既然说了，我跟你爸分居一阵子，那这样也好，我跟你爸就分居一阵子好了。大家都冷静冷静。”

我妈为什么闹离婚基本上已经一清二楚了。我爸是个缺心眼嘴上不把门的蠢蛋，我妈是个忍无可忍的自虐狂，他俩生下我，负负得正，我是个天才，可是天才目前也没什么办法解决这件事。

虽然说我妈是自虐狂，可她对我爸的态度也影响了我。我小时候在学校受了欺负，上体育课受了伤，我都不跟我爸说。我知道他只会添堵，他心里难受了又只会发火。找他也是白找。要说我妈跟我爸过日子，好比是添了个儿子，可儿子还有长大成人能扛事儿的一天呢，我爸却到现在都没什么长进。说到底，他这样子都是我跟我妈惯的，我们俩没法推脱责任。我妈确实如她所说，性格懦弱，遇事只知道逃避。她怕吵架，所以宁可憋着也不解决问题。这些事积累这么多年，若是她心胸开阔能想开也罢了，偏偏自己是个玻璃心，更年期稍一闹腾，就终于走到了死胡同。

我回我爸那儿的路上，原想，这些事得跟他说道清楚，让他自己知道错在哪，好好改，把我妈接回来。可是我想到他硬着嘴梗着脖子的样子，又泄气了。他若开始不讲理，谁都别想说一句在理话。

二

我就这么两边跑了几天，突然接到舍友张晓婉的电话，说下周有个考试，算期末成绩的百分之三十。我只好连夜屁滚尿流地回学校。临走我不断嘱咐我爸，泡面不能连着吃，实在不行就叫外卖，碗要刷不然会长虫子，每天要开窗通风，睡前别忘了关上。

我觉得我那唠叨劲儿越来越像我妈了。我妈有一次到外地去学习，临走给我爸包了一个礼拜的饺子，各种蔬菜瘦肉馅子，一小包一小包装好放到冰柜里冻着，还炖了肉，蔬菜切好，都放在冰箱里。结果回到家，锅碗瓢盆都长毛了，遍地都是蟑螂。我妈学习回来只有一天休息，全贡献给了大扫除。

回到学校，我忙着考试，焦头烂额。殊不知我爸天天给我打电话，比这辈子他给我打的电话都多。打了电话也没什么正经事，可我被他烦死了，只好牺牲我妈："你要是实在想我妈，偶尔给她打个电话也是可以的。"

我问我爸："你一个人行不行啊？要不要我考完试再回

家？”他说不用不用，他一点问题没有，自己活得可滋润了。竟然还说养了只小狗，特别可爱。说我妈这么多年不让他养，他终于如愿以偿了。

我真是晕了，眼前全是小星星。我出生以前，他俩已经养了三只猫，我在家里排行第四，可小四这名字不吉利，所以我小名儿叫小五。我七岁的时候，又养了一只猫咪小六，这孩子寿终正寝之后，又添了如今的猫咪小七。我妈之所以不让养狗，是因为小狗早晚都要遛，我妈本来已经起早贪黑了，再加上遛狗这活儿，她说她受不了。

她说这话的意思就是指我爹打死都不会去遛狗的。所以如今我爸养了这只倒霉催的小狗，谁知道它跟着他会是什么下场。

后来我爸渐渐不给我打电话了。问了才知道，他开始夜夜笙歌。这些年他酒肉朋友一大堆，现在可派上用场了。

我妈呢，每次打电话，心情都好得很。她也够冷酷的，一次都不问我爸的情况。一会儿说自己又开始画油画了，一会儿说自己好几天没收拾屋子，邋遢死了。最后我告诉她我爸养了只狗，我妈久久地没吭声。我知道她脑子里在飞速地想些什么。小狗好可怜啊，可能都吃不饱啊，要不要过去看看啊，要不要抢过来养啊。我破坏了她的好心情，感到十分内疚，于是赶紧把话题岔开。

小考之后，我又要准备期末前的各种实习，大三这一年几乎都是实习课，天天在野外跑，晚上蹲在机房里通宵达旦地赶工。巨大的压力下，我高中时候沾上的烟瘾竟然重演。我黑眼圈黢黑黢黑，人也暴瘦，饭都吃不上，更别提赶回去看看那两人折腾成什么样了。

就这样终于熬过了一重重期末审核，我又在宿舍里大睡特睡了一个礼拜，每天只知道吃香喝辣、满街闲逛和睡大觉，总算觉得休息过来了，然后回家。

我爸从火车站把我接到他那里，一开门，我一脚踩在一坨狗屎上。

我去！我这是要走狗屎运啊！紧接着奔来一只心花怒放的黄色小柴犬，围着我们俩撒欢不止。

我手提行李箱，满腹辛酸怒火冲天又倍感怜爱地看着脚下这孩子黏着一屁股屎在撒欢。我挑了块没屎的地方放下行李箱，蹲下来抚摸着小狗，对我爸大吼："你自己过成这样就算了，小八一个小生命，你怎么能对它这么不负责任呢？！"

我爸嬉皮笑脸："我们俩老爷们，过成这样才正常呢！"

我大吼道："正常你妹！"我气得不惜辱骂我姑姑。我二话不说，不做饭也不打扫，就先给小八洗澡。

小八臭得可谓臊气冲天，浑身的绒毛一绺一绺的。它又乖又聪明，洗澡的时候一点不闹，洗完给它吹风也不害怕。我不断夸奖它，用毛巾包住它，抱在怀里把它晃来晃去。这小孩已经对我亲死了。洗完澡，我喂了它一把狗粮。

我爸站在一边看着我说："小五，它不叫小八。你们的名字都是你妈起的，我偏不按着这个往下排！我们叫徐小国！”

我差点喷了。我爸叫徐建国。他养的小狗叫徐小国。

我忙活了一下午，才把我爸这狗窝收拾干净。到了晚饭的点，我让我爸点个麦当劳外卖。他说：“我下面条吧。”我大吼大叫：“你要是再把刚洗的碗弄脏我就跟你拼命！”

又饿了一个来小时，麦当劳才送来。

我、我爸和小国三个，狼吞虎咽，谁都顾不上说话。我吃了一个双吉汉堡、一个板烧鸡腿汉堡、六块麦乐鸡、一个麦旋风、一大包薯条，还喝了一大杯可乐。剩下两位饭量也跟我差不多。我和我爸猛嘬可乐的时候，徐小国跑到它的碗那边吧嗒吧嗒喝了很多水。

吃完饭，三个各自摊在沙发上，撑得动弹不得。徐小国仰面朝天，小肚子撑得滚圆。

等缓过来了，我说：“爸，跟我出去遛狗。”

“它今天都拉过屎了。”

“少废话，赶紧走！”

在小区里我越想越生气。

趁着火头上，我跟我爸说：“你知道我妈为什么跟你闹离婚吗？就是因为你这好吃懒做撒手不管的态度。你养了小国，就要把它照顾好，早起半小时带它散步，定期给它洗澡，每天按点给它吃饭。你也应该把你自己照顾好，自己叠好衣服，自己好好吃饭，自己解决问题。”

“我已经很好了，我做的饭可好吃了！比你妈做得好吃多了！”

我不理他，默默地走。过了一会儿他小声说：“你妈走了，你也走了，我才发现家里这些活有多累人。一开始我赌气，心想没你们我也一样活得利利索索的。”

他没说“可是后来”，我也能想象到，坚持了一两天，烦了，撒手不干了。

“你之前有太多事做得太不靠谱了。你在家里有很多责任，应该细心点，考虑到我妈的情绪，应该好好对她，不是把什么事都推给她做。”

“我对她不好吗？她要吃什么、穿什么，我什么时候不给她买？别人都二奶三奶了，我从来没有外遇过，别人都打老婆，我从来不冲她发火，我到底哪里对她不好了？”

“我妈有什么可冲她发火的啊？你有什么发火的点啊？爸，你整天埋汰我妈，你自己有什么优点有什么立场埋汰我妈啊？没了我妈你日子都过在狗屎上，人心都是肉长的，你就没想过她会有伤心的一天吗？”

我爸还挺生气，说：“你们怎么都这么开不起玩笑啊，我说的那些话，一听就是开玩笑，哪有正常人会当真啊！”

“爸，你就是一个又老又胖的阳痿男。”

我爸半天没吱声，突然就把手里徐小国的狗链子一摔，大吼：“徐夏！你说什么？！”

我耸耸肩:“这一听就是开玩笑吧？”

“你给我滚，滚回你妈那儿，谁他妈愿意滚都给我滚！”

我也暴怒。我气我爸烂泥扶不上墙，我恨铁不成钢。可是我没嚷嚷，我还是阴阳怪气地说:“你怎么这么开不起玩笑啊，还真生气了啊？”之所以这么说，是因为我知道我爸最讨厌别人阴阳怪气，他会气得丧失理智。

说完这句话，我抱起徐小国撒丫子就跑。徐小国早已看出事情不太对劲，乖乖紧贴着我，身上哆哆嗦嗦的。我怕我爸丧失理智再给徐小国一脚，那我就真会离家出走。

我跑了老远，我爸没追上来。回头一看，我爸的身影在黑暗中，隔了这么远，都能看出他在剧烈地颤抖。他站着，夹紧双臂，低着头。

我轻轻喊了他一声:“爸。”

“滚！带着狗崽子一起滚！”

然后就转身回家去了。

小的时候我很怕我爸。他常常对我大吼大叫，还打过我。打完之后我就遵照我妈的指示，去给他端茶递水讲笑话。后来我突然不怕他了。因为我发现发完火之后他比我尴尬多了，他会对我格外的好。

这事也是天生的，我天生胆子大脸皮厚。张晓婉就不行，她说她在幼儿园被老师骂，现在想起来还臊得慌。我按照经验，继续放心大胆地遛徐小国。徐小国散步很高兴，它东闻闻西尿尿，对着远方的人影吠叫两声，还跑几步疯一会儿。散步半小时，我觉得我爸差不多气头过去了，就在小卖部买了包烟，又买了一大盒果汁，踏踏实实回家了。

我用钥匙开门，我爸果然铁青着脸坐在沙发上。

我说："爸，我们俩回来了。徐小国又拉了两泡屎，今天看样子是吃多啦。"

他一声不响。

我又说："你说我妈起的名字多好啊，甭管多少孩子都能叫上好名字。你这名字怎么弄啊，徐小国，徐二国，往下就变成徐三国了。"

我听见我爸没憋住小声地喷了。

我给他倒了一杯果汁，又给他点了根烟，打开电视看《走进科学》。看着看着他就开始评论这节目有多傻×。我也随声附和，再给他讲点该节目历史上有什么傻×的内容。他抽着烟喝着饮料，开始呵呵笑。徐小国在脚边用后腿抓痒，噌噌噌的很响亮。

我和我爸相安无事地看了一晚上电视。

我说，爸，我得睡了，累死我了。

他说，小五，我平时说你妈的话有那么难听吗？

我说有，连我都听不下去。

他说，我真的都是说着玩的。

我说我当然知道了，我是你亲闺女，我还不知道你啊。

他说那你也不帮我劝劝你妈，我说我哪儿没劝啊。

我又给他点了根烟，也给自己点了一根，他挺诧异，说，你又开始抽烟了？

高中的时候，我抽烟的事儿，他知道，我妈不知道。当时他也挺生气的，说我学坏了，我说我成绩摆在这，人品摆在这，抽根烟我就学坏了？他也没计较，还帮我瞒着我妈。

我们俩抽着烟，我说："我妈到更年期了，这你不知道吧？"

他说他知道，我妈提过这事儿。

我说："女人到了更年期，脾气大，不讲理，平时能忍的事儿忍不了了。我妈不是那种不讲理乱发火的人，可是你还不让着她，还不帮她，还说难听的气她，你说这不是火上浇油吗？不是自己找罪受吗？"

我又说："爸，这么多年来，都是我妈哄着你，让着你。现在到了她最难的时候，你必须得坚强起来，挑起重担了。你有没有想过，以后我妈老了，走不动路了，干不动活了，你还打算让她伺候你？"

我爸默默抽着烟。

"你不知道，无条件地忍让一个人有多难，对方再不讲理也得听着，自己的火再大也不能发。但是你受不了也得受，因为多年来我妈就是这么对你的。"

我爸继续默默抽烟。

过了半天，他说让我去睡觉。我回屋，锁门换衣服，打开电脑上网。

上着上着，听见我爸在外面打电话。

第二天，起床之后，我爸已经遛过狗了。我在想，这次不知道能坚持几天。

我又简单打扫了房间，就去我妈单位找她。趁她午饭时间，在咖啡屋坐坐。

我妈一出现，我吓了一跳。

她散着头发，头发一看就是修剪过的，呈现出漂亮的自然卷，垂在脸畔。穿了一件深灰色蝙蝠衫，一条米色贴身长裙。脸上画了精致的淡妆，还涂了口红。她皮肤还是很好，不松不垂，只有淡淡的鱼尾纹。

我目瞪口呆地看着她。

她心情很好的样子，说："好看吗？我到美容院去文了眼线，显得眼睛好大啊！"

我看着她坐在我对面，保持目瞪口呆的状态说："小姐，这里有人坐了。"

她哈哈笑着说："我偏要坐在这儿！"

我叫道："妈，太好看了！这种风格太适合你了！"

"你马阿姨带我疯狂购物，买了一大堆衣服，又是做头发，又是做美容。她非要给我买超短裙，笑死人了。你昨天看到小八了？可爱吗？”

我嗤之以鼻：“一张嘴就问小八，从来也不见你问问我爸的情况。”

“你爸昨天晚上给我打电话来着。”

我佯装不知，表示惊讶。

“你爸也没说什么。就问我怎么样，问小七好不好。还说让我什么时候回家看看小八，我说我不去。”

“他说回家看看小八？”

“那孩子好像叫小果，可是它明明就是小八啊。”

我窃喜。我妈叫徐小国是小八，说明这还是她的孩子。说明她还是当我爸是自己人。

“那家伙叫徐小国。你说说我爸这脑子，怎么想出来的。”

我和我妈一桌吃饭，根本看不出她是我妈。她打扮起来这么年轻，我又显得比一般姑娘老，穿得邋里邋遢的，还不如我妈时髦。我发现好多男人偷看她。

我们俩兴高采烈，决定一会儿吃完饭去购物，购物之后回家看电影。

吃着吃着，我妈的手机收到了一条短信。

我当然很狡猾地瞄了一眼，只看到三个字：很想你。

我妈用手机回了短信，也很简短，我没看到说了什么。

我心里一沉，心想，这个事严重了。不用看我也知道我妈回了什么，肯定是：和小五吃饭呢，一会儿说。

我想起我爸暴躁的样子：我去揍那个狗娘养的！

我突然也觉得一股怒火往上冲，这是谁家不长眼的傻×啊？勾搭别人的媳妇？

一时间，我脸上也挂不住了，说："妈，我想起来下午约了朋友。一会儿我就走了。"

吃完饭离开餐厅，走在大街上，我又觉得后悔。我离开她，岂不是给她机会和奸夫相会？

我不知道该怎么办。想起我爸，那么无助的我爸，那么难过的我爸，察觉到自己的不对。我怎么回家面对他啊？想起他我就想哭。

我打电话给毛峰，约他见面。

我说咱们"老地方见"，他说："都多长时间没见了，什么老地方啊？咱们去梧州路新开的茶餐厅吧，我请你吃好吃的烧鹅。"

半小时之后我在该茶餐厅坐定之后不久，毛峰伴随着一股非常诡异的香味出现了。他微微一笑，在我对面坐下，优雅地开口道："好久不见。"

我嗤之以鼻地看着他说："你居然变骚了？还喷香水？"

毛峰立马一拍桌子羞愤地说："谁他妈喷香水了？！我这是洗发水！洗发水的味道！伊卡璐！"毛峰就是这么个男人，什么时候约，什么时候出来。我们俩在一起，没有一句正经话。

然而今天，虽然毛峰满嘴跑火车，我却根本听不见他在说什么。我的大脑里萦绕不去在我妈手机里看到的那条短信。郁结难除，我抽了一根纠结的烟。

毛峰看我心不在焉，噘着小嘴不满地说：“又半年没见了，我就是你回家的备胎。”

我妩媚地说：“什么备胎，你就是我的亲爱的，根本就没有别人……”

毛峰说：“瞎他妈扯。”

我问他：“你有女朋友吗？”

他说：“没有。”

我问他：“我可以当你的女朋友吗？”

他吓了一跳，问我什么意思。

你连女朋友是什么意思都不知道？

我说：“就是定期见面，约会，合适了就同居，闹不住还要结婚的那种。”

毛峰说：“行呀。”

莫名其妙的，我觉得他好像很认真。

这回换我吓了一跳，我说我是开玩笑的。

他说：“我不是开玩笑的。”

我吓得都不会动了。

毛峰说：“徐夏，我不知道你是什么情况，反正我呢，从来都没有交过正经女朋友。这么多姑娘里，我就跟你最聊得来，不说那么多没用的，跟你在一起就是开心。从幼儿园我就愿意跟你玩。我认识多少漂亮姑娘，只有你喊我我才愿意出来。不然咱们就试试。”

我面色铁青地看着他。

毛峰是我的发小，知根知底儿，首先，我知道他不是个变态。

我说：“毛峰你知道我今天为什么喊你出来吗？因为我家里出了点事儿，我心情不太好。”

毛峰马上问：“你家里出什么事了？”

我挥了挥手说：“说来话长，现在重点不在这……”

毛峰认真地说：“你家里出了点事，你心情不好，这种事，不找我找谁啊？”

他看我使劲抿着嘴瞅着他，又认真地说：“我明白你的意思。你是说你现在还没有那么喜欢我。上次咱们见面的时候你还在说，你还喜欢着你的前男友呢，对吧？没关系，我也没那么喜欢你。你别跟我结婚之后再给我戴绿帽子就行。”

我继续面色铁青地看着他。他悠悠然地夹了一块腊肉蒸萝卜糕，吃得十分欢乐。

二十分钟之后，我说：“行，那咱们就试试吧。”

丫说：“我都把这个事儿给忘了！”

第二天早晨毛峰打电话给我说：“我想了很久，终于想好了。”

我说：“什么事啊？”

他说：“谈恋爱的第一件事我想好了。”

我很惊讶地说：“昨天你拉我的手不是谈恋爱的第一件事吗？”

他得意地说：“当然不是了。第一件事，我要带你回去看我爸。”

以前，我爸我妈是同一个厂子里的工人。后来我爸心怀大志下了海，我妈还在厂子里，厂子现在已经发展成了一个大国企，我妈在里面当人事部主任。

以前，厂子里的工人都统一住在市中心的集体宿舍里。后来我爸自己买了房子，他俩就搬了出来。以前的老工人很多都搬了出来，只有毛峰家还住在当年的集体宿舍。

那是一片红色的老楼，灰砖路边种着松柏，颇有一种苏联的味道。

毛峰的妈妈在他三岁的时候出了事故去世了，这货似乎也没有很受伤害，就和他爸一对儿老爷们儿茁壮成长着。

他爹毛岩松虽然已经成了他们单位的老大，说起来现在还是我妈的顶头上司，但仍然住在老楼里，喝着绿茶生活。

我和毛峰莫名其妙地成了恋人，坐在他的车上，突然感觉到，这货长得非常好看。

这有什么办法。一个人，从穿着开裆裤，露着微型鸡鸡的时候就和你在一起玩，二十多年过去，你哪能看得出来此人长得好不好看。

其实毛峰长得很好看。挺拔、俊秀，有可爱的粉红色嘴唇，还有一双乌黑乌黑的眼睛。

我们俩在车上一路闲扯淡，你说我一句我说你一句，互不相让。

其实我和毛峰并不是很熟，发小这种动物，不一定经常见面。只是和秦朝分手之后，我寂寞难耐，给毛峰发了短信说：求见面。

于是我们成了铁磁。

进了家门，毛峰兴高采烈地说："爸！我有女朋友了！我带女朋友回来看你了！"

毛叔叔从里屋"噔噔噔"跑出来，一看是我，立马傻了。

他说："小五？这是小五吧？"

我笑盈盈地说："叔叔好。"

他很尴尬，类似于"毛峰的女朋友为什么偏偏会是你"的那种尴尬写满了他的脸。

为什么？

难道在此之前，在他的身上，已经发生了跟我，或者说跟我的家有关的事情？

我突然觉得，那个给我妈发短信的男人就是他。

毛岩松是一个很好看的男人，毛峰老了应该就是这个样子。但是和毛峰不一样，毛岩松非常沉稳，非常有男人味。他看上去比我爸老，鬓角斑白，穿着衬衫和毛背心。可是怎么就这么帅，怎么就这么有味道。

他的家里，有一股很好闻的味道，是一个会生活的男人，生活出来的味道。

墙上挂着他的书法，客厅里摆着茁壮的矮子松。

家里一尘不染，老房子的地板还是水泥的，擦到亮得反光。窗户还是老的木格子窗户，漆着淡黄色的油漆，已经斑驳，但是干净。

我愣愣地想，如果真的是他，那我爸各种完败。

完了完了。

三

这天我忧心忡忡地从毛峰家出来。毛峰送我上公交车，我一言不发，脸如狗屎，可毛峰没有看出我的异常。

我到了我妈家，她不在家。大周末的，她会去哪里？我打电话给毛峰：

“我到家了。”

“好，明天再出来玩啊！”

“玩你妹，再说吧。”

毛峰说：“媳妇儿，谈恋爱难道不应该天天见面吗？”

我说我没心情。

突然我问他：“你爸爸还在家吗？”

这话问得何等突兀，可毛峰还是没察觉异样，他说：“怎么？你刚走就要回来找我？我把你送走他就出门了！”

我心里一沉，垂头丧气地挂了电话。

小七在我脚下蹭来蹭去，嗷嗷叫个不停。

我大吼一声：“别废话！”

小七吓一跳，耳朵变成飞机耳。

我垂头丧气地去洗菜、洗米、做饭，一边不断想着我妈现在在干什么，我爸又在干什么。

最后一个菜出锅的时候，门响了，我妈回来了。她心情好得要命，高高兴兴地说："小五你在做饭呀？哎哟，养个闺女真是好！"

我没吱声。她的快乐让我更加生气。

我一言不发地把菜一道一道端出来，盛了米饭，坐下吃饭。

我妈问我："怎么了？你这两天去哪儿了？"

我说："你才怎么了，你今天下午去哪儿了？那天谁给你发短信，谁想你了？"

她没回答我，低下头默默地吃饭，我觉得又尴尬又难过，两个人一言不发。

吃完饭我妈站起来收拾碗筷，我看到她的眼圈通红。

我的心里狠狠地一疼。

我上高中的时候，有一次我妈嘴里长了溃疡，我说："我帮你看看。"看到她嘴里那夸张的一大片溃疡，跟现在的心情一样。

看到你疼，我比自己疼更难受。

我想，是什么让她掉了眼泪？是我的指责让她觉得委屈，还是比这更可怕的东西？

我去厨房，问正在洗碗的我妈：

“你不会抛弃我爸，离开我们的，对吗？”

她洗了一会儿，关掉水，背对着我，带着哭腔说：“小五，你和你爸，真的让我压力很大。”

我想我明白她的意思，浑身都凉了。虽然明白她的意思，可是我还是问她：“你碰见更好的人了对不对？”

她打开水龙头，继续洗碗。

我的眼泪热滚滚地涌出眼眶。看着她的背影，长长的头发束成一个松散的辫子，垂在她苗条的后腰上。

我说：“妈，如果你遇见了更好的人，我一定不会责怪你。如果你想开始新的人生，就去开始新的人生，爸爸那边不需要你担心，我会照顾他的。”

我不确定我用这么小的声音说这句话她有没有听到，可过了一会儿，开着水龙头站在水槽前面的我妈双肩开始不断地颤抖。

她用沾满肥皂泡的手过来抱住了我，我们俩抱头痛哭。

这天晚上，我跟我妈坐在她沙发前面的羊毛地毯上聊天。

她一直很想要这样一张米黄色暖和的羊毛地毯，可是知道我爸会把地毯弄脏，或者会烫出洞，所以直到现在才实现这愿望。

她怀里抱着一只玩具熊，把脸枕在上面。

昏黄的灯光下，我妈看起来很小，好像比我还小。她的头发一丝丝垂在脸上，好像一个少女。

她说，在我忙着期末作业的那段时间，有一天晚上，她做了一个噩梦，梦见一个女鬼惨兮兮地坐在她卧室的墙角。她吓醒了，却发现小七坐在她床上，瞪圆了眼睛看着刚才梦见有女鬼的那个墙角。

我汗毛都竖起来，只觉得头皮发麻，崩溃地看了看她卧室的方向。

她说，当时是深夜两点，她吓得不知道怎么办才好，习惯性地打电话给我爸，可是他关机了。她又想打电话给我，可是我离得那么远，打了也没用。于是就打电话给了“他”。接到电话，不出二十分钟，“他”就赶来了。

我郁闷地问:“到底是谁啊？”

她说:“我才不告诉你。”

我说:“毛岩松？”

我妈发出一长串呻吟，把脸埋在小熊里。我分明听到她在里面说:“我生了个什么妖怪啊……”

她长吸了一口气说:“然后你毛叔叔就来了。他一进屋子，我就觉得好像不那么冷了，阴气也没那么重了。”

我说:“果然是他，说！你是什么时候跟他勾搭上的？你为什么会想到给他打电话？”

我妈一拍小熊大吼:“小五！我干吗跟你说这些啊！”

我赶紧认㞞:“开玩笑的，开玩笑的，你继续说。”

说完这句话我又说:“你怎么知道来的是毛叔叔，不是鬼？”

我妈脸都绿了。

我继续阴森森地说：“你怎么知道我是徐小五？”

我妈尖叫一声，使劲儿把小熊抽到我脸上。

我看着我妈大叫着：“你再欺负我我就死给你看！”觉得她真像个小孩子。

一直以来，像小孩子的只有我爸。我妈总是温柔的、可靠的、笑呵呵的。

不知道是这段时间的生活改变了她，还是“他”改变了她。

我挽着她的手说：“好啦，继续说嘛，你们俩那天孤男寡女的干了什么啊？”

她说：“你毛叔叔是我领导，其实也挺尴尬的。所以我们俩就开始看电视。当时电影频道在演一个电影，叫《巴尼的版本》，你看过吗？”

我看过。这个电影讲的是一个叫巴尼的男人，一生深爱他的妻子。人到中年一下没忍住出了轨，他那漂亮的、完美的、女神般的老婆毅然跟他离婚，改嫁他人。巴尼从此好像坠入十八层地狱。超级凄惨、超级悲凉地结束了他的一生。

这个电影何等的应景。我不知道如果我妈就此抛弃我爸，他会不会和巴尼一样万劫不复。

我妈说：“你知道吗，小五，和你爸爸分居这段时间，我不断地告诉自己，一定要过得开心，过得放松。把从前那二十年的辛苦都补偿回来，不要内疚，不要瞎操心。可是偏偏看了这个电影。想到你爸一个人不知道过着什么样的生活，我当着你毛叔叔的面就哭了。你也知道，毛叔叔人真的很好，又很善解人意。我就把这些年的事儿都跟他说了。人心都是肉长的，你和你爸都怪我绝情，可惜我实在没有那么绝情。我担心他，也心疼他。我就一边哭一边说，一直说到天亮。可是我没想到，最后你毛叔叔竟然跟我说……”她羞得满脸通红，再一次把脸埋进小熊。

我冷冷地看着她说：“其实你真的是个好女人，其实这么多年，我一直偷偷喜欢你。能不能给我一次机会让我照顾你？我不会让你这么辛苦，我一定好好疼你。”

我妈在小熊里说：“妈的，跟亲耳听到一样。”

我厉声说道：“不许说脏话！”

我说：“所以你就跟毛叔叔没羞没臊了？”

我妈连续不断地捶打我说：“说什么呢！”

我恶心得不行，说：“我求求你就抽我大嘴巴，捶来捶去装什么少女啊！我又不是毛岩松！”

“我没跟你毛叔叔怎么样！我没有！”我妈声音又低下去，“只不过常常见面罢了。”

她枕在小熊上，说：“我真不知道原来我能说这么多话。也不知道我有这么多事情要倾诉。小五，我跟你说实话。不说爱情不爱情，跟他在一起特别舒服，特别踏实。想说话就说话，想哭就哭，想笑就笑。他来我这里做客，都是他做饭，他洗碗，什么活都不让我干。他干活我还要骂他，真的很奇怪。有些话我对你爸爸一辈子都说不出口，对他却能为所欲为。”

她轻声地、慢慢地说：“我不止一次地想过，人就活这么一次，为什么我不能狠狠心，为自己做点什么？就这一次，我又自私又绝情，说我是禽兽也好，我为自己选择幸福的下半生。”

她不说话了。

我也不说话。我们俩各自趴在自己膝盖上发愣。

过了很久她说：“小五，你比一般的孩子早熟，也比一般的孩子通情达理。可是有些时候我觉得很对不起你。我宁可你任性，宁可你骂我责怪我。你才二十一岁，才大学毕业，我怎么能把自己安排好，却毁掉你的人生？

“你现在正应该好好找一个男朋友，去逍遥快乐。我们是你的老爸爸老妈妈，我们应该自得其乐地照顾好自己，怎么能给你添那么多麻烦？”

我冷笑：“我爸在你心目中就是一个大麻烦。”

她不说话。

过了一会儿我叹了一口气：“这么说倒是也没错。”

我认真地看着她说：“妈，其实我真的希望你能过得开心。我比你坚强，也比你想得开。你不用担心我，不管怎么样我都支持你。”

我妈看着我，露出非常非常温柔的微笑。

这个时候她的手机响了，接起电话来，我听见电话那边传来很着急的男人的声音："嫂子！你快来看看吧，老徐喝多了！"

我和我妈气喘吁吁地在草坪上找到了烂醉如泥的我爸。

旁边站着孙叔叔，他说："嫂子那我先回去了，老徐就交给你了。"

我跟我妈说："让你别来你非要来，我又不是弄不了他。"

我妈坚定地说："你弄不了他。"

我们俩蹲下来试图把我爸扶起来，可是他沉得好像一尊金像。

好不容易把他架起来了，他又拼命往下蹲，最后又躺倒在草坪上。

我气得直骂："孙叔叔就是人如其名，真他妈是个孙子。就把这么个东西留给两个弱女子！"

我妈说："老孙岁数也不小了，别说人家。"

我爸躺在地上哼哼唧唧地说："小五，小五你别管我，我没喝醉。你跟卢月说，让她别回来，永远别回来。"

他说的卢月当然是我妈。

我蹲下来跟他说："好好好，我让我妈别回来，你快起来咱们回家吧。"

他用手撑着起身，然后"哇"的一口开始猛吐。

我妈早就找出纸巾，帮他擦嘴，喂他喝水漱口。

我爸看着我妈，醉眼迷蒙地说：“你是谁啊，滚，滚开啊！”

他挣扎起来，踉踉跄跄地走了两步，又趴倒在马路上。

我急坏了，赶紧过去扶他。我爸趴在地上宁死都不起来。

我把他的脑袋抱起来，发现他哭了。

他不闹了，也不喊了，静静地躺在我的怀里哭着，咧着嘴，喷着眼泪。

他轻轻地重复着一句话：“我想要我老婆回来。”

我妈站在一边，面无表情地看着我们。

这一天晚上，我们费了九牛二虎之力才把我爸安顿好。他一直吐，一直哭。最后终于鼾声如雷。

我妈再也没有说一句话，她默默地换了睡衣，进了我爸的房间。

我躺在床上睡不着。我想着我爸我妈，想着我和秦朝。

“跟他在一起特别舒服，特别踏实。想说话就说话，想哭就哭，想笑就笑。”

对我来说，这个人就是秦朝。

我不知道我妈怀着什么样的心情睡在我爸身边。估计也是大睁着双眼。

这些年我爸时常像这样喝醉，每次喝醉，都是我妈一个人照顾他。我能听到我爸在外面磕磕撞撞、大声呕吐的声音，和我妈劝他：别折腾了，上床躺着吧，这样的声音。

只有一次，我爸喝醉了的第二天早晨，我看我妈黑眼圈很重，问她怎么回事，她说：“你爸喝醉了呼噜打得太厉害，我怕他憋住，不敢睡。”

我不知道今天我妈留下来，是不是怕他被呼噜憋住。

不知不觉地，再睁开眼，已是天色大亮。我一跃而起，冲出房门，看到家里干干净净的，我爸坐在床上逗弄着徐小国。

我问他：“我妈呢？”

他说：“在厨房做饭呢。”

我妈喊：“一会儿就开饭！”

我站在那里说不出话来。

我爸满脸幸福，他的喜悦藏都藏不住。

可是我妈，又变回了曾经的我妈。我看着她端了饭菜出来，喊我们吃饭，我爸兴高采烈地说着话，她笑着听着。

我能看得出，她心里的那个少女死掉了。

第二天，我妈收拾了简单的衣服用品，抱着小七搬了回来。

徐小国百折不挠地想闻小七的屁股，被小七哈了几次，又被打了几巴掌。

我们的生活好像回到了从前。

如果是几天前，我一定会很高兴，可是现在却高兴不起来。

不知道毛岩松知不知道这件事。

我脑补了他们在一起的画面，英俊的毛叔叔和漂亮的我妈面对面坐着喝茶，我妈神采飞扬地聊着天，毛叔叔宠爱地望着她。

毛叔叔会怎么想?

我爸变得很勤快。他早晚遛徐小国，又抢着洗碗。

可是这段时间的独居生活并没有改善他的家务能力，他哼着歌洗完了碗，踩着脏水出来说:“完工啦!”

我妈又默默地进厨房去洗他落下的锅，拖他踩脏的地板。

这一天吃完饭，我和我爸坐着看电视，我妈在拖地。

我说:“爸，有没有眼色啊，快把拖把接过来啊!”

我爸赶紧抢过拖把。

我妈站在一边，有点手足无措。

我问我爸:“我妈是不是变漂亮了?”

他看了看我妈说:“哪里变漂亮了?”

我狠狠瞪着他，他继续说:“你妈本来就很漂亮啊!”

我妈说:“胡说八道。”

我爸说:“你看，我夸她她又不信。”

我笑着说:“多夸夸就信了。”

有一天吃饭的时候，我爸说:“你猜怎么着?今天老张竟然当着小王他们团队的面，把我上次提的项目给毙了。我多没面子啊。”

我妈说:“老张再怎么样也是你的领导，他有他的考虑，否定你的提案多正常啊。”

我爸说："那他也应该给我点面子啊。以后我怎么立威啊。"

我妈说："立威在平时，又不在这种事上立威。"

我爸置若罔闻地说："我看这个老张，就是在报复。上次开会，他在那儿叽叽歪歪不说重点，我说：'咱们可以进入下一主题了。'你信不信，丫记恨我呢！"

他口若悬河地讲着讲着，我妈突然说："别说了。"

我爸好像不敢相信，问："你说什么？"

我妈抬起头来看着他说："我说，你闭嘴吧。这些事别来跟我说，你自己想不明白吗？这么大的人了还这么不懂事？"

我爸瞠目结舌地看着她。

我不安极了，继续扒拉着我的饭，心里渴望我爸闭嘴别再继续说了。

可是我爸又开口了："我跟你说这些，是因为你是我最亲的人。不然我跟谁说啊。"

我妈做了一个深呼吸，说："我也有很多烦心事，可是我没有拿来烦你。"

我爸说："你当然也可以跟我说啊。"

我妈说："上次我们单位改革要给我调岗，我才跟你说了几句你就急了，我怎么跟你说？"

我爸说："当时不是我心里也烦吗，再说你在哪个岗位上不都一样吗？"

我妈把饭碗用力摔在桌子上，站起身，穿上大衣出门了。

她狠狠地撞上大门。

我爸猛地站起来，对着大门，对着我妈吼：“现在我说句话都不行了？还想要我怎么样！”

我面对着激动的我爸，不知道说什么才好。心里有很多意见，很多建议，可是却说不出口。

我理解到这些年，我妈为什么越来越沉默寡言。

我爸还在说：“别的男人回到家，连话都不想跟老婆说，他们根本就不想回家。我倒好，在家里连句话都不能说了！”

我忍无可忍地说：“爸，你有没有问过我妈，她为什么回来？”

他不说话。

我说：“你有没有问过她，这段时间是怎么过的，过得好不好？有没有问过她从前你有什么问题，以后应该怎么改？”

他说：“我已经在改了，我对她比所有男人对自己的老婆都好啊！”

我深吸一口气，心想，我又没到更年期，必须耐下心来。

我说：“爸，今天我妈下班回来看着心情就不好。你有没有问她怎么了？”

他说：“她心情不好干吗不主动跟我说？”

我说：“这些年，你发生的一切都跟她说，所有事情都让她帮你出主意，你有没有一次，哪怕只有一次，耐下心来，认认真真地听听她的想法，听听她的心事？”

他有点郁闷地说："她需要我给她出主意的时候我都帮她出主意啊。"

我说："女人有时候不是想要一个主意。她只是想要倾诉。想要的是不被打断，真诚地被倾听，被安慰，被哄一哄。她需要你没有脾气地、一点都不烦躁地听她说话，心平气和地回答她，有些时候需要你说些傻话、虚话、好听的话。"

我爸说："那些话有什么意义啊！"

我终于受不了了，发火道："让你自己的媳妇儿高兴高兴怎么就没意义了！"

看着我爸委屈的脸，我又叹了口气，耐着性子说：

"爸，其实你一点都不了解她。你跟一个女人过了二十几年，却一点都不了解女人。你知道怎么疼爱一个女人，无条件地宠爱一个女人吗？你没吃过猪肉总看过猪跑吧？韩剧看过没有？就算你说不出来好听的，总可以抱抱她，拉拉她的手吧？"

我爸一言不发。

这天挺晚的时候，我妈回来了。

我躲在自己的房间，开了门缝偷看。

在门口，我爸把我妈一把抱住，紧紧抱着她。

我听见我妈说："干什么呀。"

可是我爸还是不松手，就那样紧紧抱着她。

我妈终于在我爸的怀里哭了出来，她越哭越委屈，好像终于把二十年来的委屈都哭出来了。我爸始终没有松手，抱着她轻轻地摇着说：“没事了，没事了。”

第二天早晨，我妈给我端来早饭的时候，我很开心地看到她真的非常轻松。她用手里的毛巾抽我爸的屁股，让他抓紧时间吃饭，赶紧去上班。

那一天下班回来，我爸把苹果核扔在桌子上，我妈说：“懒得跟屎一样，给我扔到垃圾桶里去！”

我爸乐呵呵地站起来扔到了垃圾桶里。

我想，我的家终于有救了。

一个多月过去，他们俩真的越来越好了。似乎打我出生以来，还没见过他们俩这样甜蜜，这样像一对真正感情很好的夫妻。

我妈变得越来越唠叨，甚至开始撒娇，我爸脾气也越来越好，有时候当着我面就拉小手亲脸蛋。

听着他们俩肆无忌惮开的那些小玩笑，看我妈笑得花枝乱颤，我得意地想，毛岩松再怎么帅，也比不上我爸这么幽默这么淘气。

这天晚上我跟我爸一起去遛狗。

我跟他说：“你看看你们俩这样多好。”

他笑着说：“其实也不难。”

我撒娇说："我的爸爸又聪明，人又好。这么好的人，要是被别人抢了媳妇那也太亏了。"

我爸问我："啥意思，有人要跟我抢媳妇？"

我心里抽了自己一个大嘴巴，说："谁跟你抢媳妇，我就这么一说。"

我爸得意扬扬地说："谁他妈的敢跟我抢媳妇，抢啊！抢得走才怪呢！"

我们俩说说笑笑地回到家，却发现门没有关严。

进了家门，我们俩都傻在原地。

我们都听到我妈躲在里屋打电话。

她说："我没有想你。"

不知道对方说了什么，她又说："真的，真的没有想你。"

对方不知道又说了什么。

我妈说："我不后悔，不会再搬出来了。我不跟你说了，他们快回来了。"

她挂了电话走出来，撞上我，和面色惨白的我爸。

我爸的表情非常恐怖。他一把抢过我妈手里的手机，我妈吓呆了，傻傻地看着他翻看通话记录。

最新通话的一行赫然写着——

毛岩松。

四

我爸站着，看着我妈的手机，他们俩都一动不动，好像两尊雕像。

我多希望自己能瞬间编出一个谎言来，化解即将到来的暴风雨，可惜我的智商好像瞬间没有了。我只觉得害怕，我没有见过我爸这个样子。

好像过了一个世纪，我爸小声说：“你很好，你很好。”

他的声音越来越大：“你就是这么对我的，你知不知道我自己过着什么样的日子，你就是这么对我的！”

他大吼一声，把我妈的手机砸在地上，手机瞬间四分五裂。

他吼着：“这么多年，我勤勤恳恳地养家糊口，你就是这么对我的！跟你的领导搞在一起！为了他要跟我离婚！我他妈还像个傻子一样，哄你，求你回来，我他妈的！”他又砸了一个杯子：“像个他妈傻 × 一样！”

我妈惨白着脸看着他听他吼，然后绕过我们，开门想出去。

我爸一把把她拉回来，我妈重心不稳地跌倒在地上。

我爸说:“要去找他，你去啊！滚去找他，不就是为了他吗！你滚，你滚啊！”

说着他又把我妈从地上拉起来，用力要把她推出门外。

我赶紧上前拉我爸，说:“别动手动脚的！”

我爸一挥手，手重重地打在我脸上，我摔倒了。

我妈看到我摔倒，所有的理智和隐忍好像在一瞬间崩溃。

我从来没听到过她这么大声吼叫:

“你打小五干什么，你打我啊！不是想打我吗？你打啊！”她的脸通红，青筋暴起，看上去像一个疯子:“你养家糊口？你辛辛苦苦？你对我好？老毛给我打了个电话，怎么了？你自己过，我也自己过。我自己害怕的时候，你干吗去了？！你他妈的手机关机，你他妈跟谁鬼混去了？！老毛接了我的电话，老毛来陪我了，现在老毛给我打电话怎么了？！老毛比你强一万倍！”

我爸大吼:“你给我闭嘴！”

他冲动地扔出手边的水壶，砸在了我妈的头上，那儿立刻就血如泉涌。

我妈站在那里，突然间笑了。

她笑得像个女鬼。

她点了点头，转身开门走了。

剩下我爸站在那里，我坐在地上。

我傻傻地看着我爸的背影。

他站了几秒钟，转过身来。我还真的有点怕他来打我。

可是他伸出手，拉我起来。

他是那么沮丧，说：“小五，我没想打你，不小心打到你了，对不起。”

我傻傻地说：“我知道。”

他说：“我也没想用水壶砸你妈。”

我叹了口气说：“我知道。”

我看着他慢慢走向客厅的身影，觉得他是如此疲惫。

他说：“小五，你跟着你妈，陪她去医院看看，别出什么事儿。”

我脑子一片空白就要往外走，接着又站住了，心想，我爸才别出什么事儿吧。

我说：“不用，我在这儿陪着你。”

他缓慢地坐在沙发上，说：“也对，有人陪她。”

他把脸埋在了自己的大手里。

我和我爸长时间地沉默着坐在沙发上。

之前我给他倒了水，给他洗了苹果。把我妈的手机残骸捡起来，还扫了地，小心翼翼地把玻璃什么的清理干净。然后实在没事做了，坐在他身边。

我说：“爸，我妈和毛叔叔没有做什么对不起你的事。”

他放下手，直起身子，看着天花板，长叹了一口气。然后自言自语地说：“你也知道，你也瞒着我。”

我义正词严地说："我没有瞒着你。这不是什么要紧的事情。我妈的人品摆在那儿，她不会做对不起你的事情，你放心。"

他竟然笑了，说："放心有什么用，你妈妈不会再回来了。"

他站起来，回房间关上房门。

我坐立难安，在家里找了一个我说话我爸绝对听不到的地方打电话给毛峰：

"你爸在家吗？"

"你不是找我啊？是找我爸？"毛峰的声音冷冷的。

"别废话，你爸在不在家啊？"

"在家呢，怎么，让他接电话？"

我默默挂掉电话，她没有去找毛岩松。她一个人，那么伤心，头上流着血，会去了哪里？她一个人在她家里面吗？她家里还有个女鬼呢。

可是我又不敢出门。

可是我妈手机又被摔坏了。

我心想，算了出去找找吧，一出门，竟然听到我爸房间里传来用头撞墙的声音。

这他妈的两人是想弄死我吗？！

我赶紧敲门："爸！爸你干吗呢？"

我爸闷闷地说："没事，我不撞了。"

怎么办？怎么办？

经过了激烈的思想斗争，我还是打给了毛峰。

他还是冷冷地说："怎么着，找我爸？"

我说："嗯。"

"我爸睡了。"

"让他接电话，有急事儿。"

我跟毛岩松说了我妈受了伤，可能自己在家里，让他替我去看一看。

他着急得不行，说马上就出门。

我说："毛叔叔，我妈头上受的伤是我爸砸的，但是他不是故意的。他不是会打老婆的人。他特别爱我妈，因为爱她才这么生气。我要在家看着我爸，不然是不会求助你的。"

他说："知道，没事没事。"

他心心念念只有我妈，急匆匆地挂了电话。

我想，我妈至少不会一个人在家流尽鲜血默默身亡了。

松了一口气，又想，这回我爸我妈他们俩真的完了。

第二天早晨我竟然睡过头了，醒来我爸已经去上班了，家里的一切都维持原样。我顾不上吃早饭，赶忙打电话给毛峰。

他这回听起来相当不耐烦，问我什么事。

我问他毛岩松昨天晚上回家没有，他不说话。

我说："喂？喂？"

他说："徐小五，你其实喜欢的是我爸是吗？！"

我说“毛峰你有病啊！这不是有事儿吗！”

他说：“你毛叔叔是我爸。你能不能告诉我发生了什么事然后再问我我爸昨天晚上去了哪儿回没回家啊？你能不能在什么事都没出的时候想起来给我打一个电话啊？你如果这个样子，能不能不要莫名其妙地提出要在一起啊！你是把我当成招之即来挥之即去的狗吗？是，以前咱们俩是这种关系，你喊我出来我就出来，现在不一样了，咱们俩在一起了，你是我媳妇儿，有你这样的媳妇吗？！”

我被他吼得脑子嗡嗡的：

“我现在实在没精力跟你解释，也没力气听你嚷嚷，你他妈能不能别这个时候再跟我嚷嚷！”

他说：“那我不想跟你说话。”

我叹了口气。能不能好歹有一个人别跟我闹脾气。

我说：“是这么回事。我爸跟我妈要离婚了，你爸现在在追我妈。”

毛峰在电话另一边沉默了很久很久。

我等了一会儿继续有气无力地说：“昨天晚上他们俩打了一架，因为我爸听到我妈跟你爸打电话了，我妈离家出走了，我没法跟着去，所以喊你爸去看看她。我妈手机坏了我也没法问她什么情况，只能问你你爸是什么情况，就这么回事。”

他继续沉默。

我说：“喂，你倒是说话啊。”

他说："小五，那咱们俩还能在一起吗？"

这个人脑子是不是有屎啊，这个时候竟然还在想这件事！

我说："我现在特别累，也很难过。谁跟我嚷嚷我都受不了。"

两个人沉默，沉默得我开始有点烦了。

毛峰终于开口："那你今天有什么安排，咱们见面说？"

我终于受不了大吼："你爸昨天到底回来没有啊？！"

他说："我不知道，我睡得太死了。"

那以后的事情其实可以很快带过。

我的爸妈在我二十二岁生日那天离婚了，我没跟着去，他们俩自己去民政局办理了手续，就像他们俩结婚的那天我没跟着去一样。离婚的那天他们俩找了个小馆子吃了个饭，我也没跟着去。不知道他们吃这最后一顿饭的时候会聊什么，我也不再关心了。

我想这天是我的生日，我一定要打扮得臊气冲天去夜店找个一夜情玩玩，可惜其实我在我自己的家里蓬头垢面地喝着啤酒看着电影，看琳赛·洛翰还是小萝莉的时候演的老片《天生一对》。明明电影节奏明快，萝莉激萌，故事轻松，可是在这个时候选了这部电影，我真是大大地失算。

琳赛在片中一人分饰两个双胞胎小姐妹，她们的父母多年前离了婚。在两个小姑娘的撮合之下终于重修旧好。这对父母在浪漫的游船上吻在一起的瞬间，已经喝得烂醉的我，泪涕横流，边哭边吐。

第二天，我二十二岁的第一天，一睁开眼就感到一种强烈的想死的感觉。我酣睡在自己的呕吐物里，头疼欲裂。还没来得及想清楚我是先洗床单还是先洗自己，就又吐了一记，吐到胃绞缠着疼。

就在我龇牙咧嘴跪在厕所地上的时候，仿佛上天派了个天使来拯救我，这个天使给我打了电话，问我干吗呢，昨天生日怎么过的。

我跟天使说："毛峰我求求你，来我家找我，我快死了。"

毛峰超级惊讶："你家？你家在哪儿？"

我气息奄奄地说，我在某某路自己租了房子，赶紧过来。

之前，一边准备毕业论文一边找了实习单位之后，我就在单位附近自己租了一个房子。一来我一直都梦想着有一个自己的小窝，二来我不愿意和我爸或我妈任何一号人住在一起。

我给毛峰开门，看着他俊俏的脸由严肃到狰狞，由狰狞到悲愤。

他大吼："徐夏！你身上是什么味啊！"

这天上午，我要死不活地歪在椅子上抽着烟，看着毛峰像个小娘子一样一边翘着兰花指揪着我臭不可闻的床单扔进洗衣机，一边不停歇地骂着我。

最后他叉着腰看着我说："你看你丫那操行！能不能洗把脸啊？！"

我可怜巴巴地看着他说："饿，胃疼。"

结果毛峰又骂骂咧咧地帮我煮了小米粥。

直到这一天下午三点多，我才洗好了澡吹干了头发，房间里终于恢复了干净清香。毛峰把我的床单晾在我的阳台上，床单在阳光下轻轻飘荡。

毛峰阴沉着脸跟我说："老子快饿死了。"

我说："锅里还有小米粥，尽量喝别客气！"

我被打着骂着揪出了家门，去吃毛峰毕生的最爱——河间驴肉火烧。

丫骂个没完，从我的生活状态骂到我的外貌，又骂到我的心理何等阴暗。最后他总结："你就没把我当人看。"

我说："我怎么可能不把你当人看啊，你就是我的天使，要是没有你，现在这个点儿我还在呕吐物里呻吟蹬腿儿呢。"

毛峰气急败坏地说："你知不知道有这么一件事儿，我不跟你说你可能都忘了，你徐小五是我媳妇儿，咱们俩是去年秋天在一起的，都好几个月了。这几个月你就给我打了三个电话，都是找我爸的。我就纳闷了，你是当了我媳妇儿还是当了我后妈啊？昨天是你生日你丫也没说跟我联系联系，我纠结了一夜还是原谅了你，打算好言好语地祝你生日快乐，结果你就拿这么个形象迎接我啊？你面对我的时候根本就不是个女人，你知道这说明什么吗？这说明你根本就没把我当男人！”

我长长地呻吟了一声，说：“驴肉火烧真他妈香。”

毛峰摔了筷子就走人。

我在后面喊：“哎！哎！我没带钱！”

他站了一会儿又回来了，喘着粗气坐在我对面。

我说：“毛峰，你别跟我生气，昨天我爸妈离婚了。”

他沉默了一会儿，说：“你都这么大了，爸妈离婚你就把自己灌成这样？当年我妈死了我都没把自己灌成这样。”

我说：“你当时才三岁你灌奶啊？”

他说：“当年我才三岁，别的孩子都还在抱着妈妈的大腿哭着喊着要玩具呢，我一夜之间就没有妈妈了，你知道我有多伤痛吗，你知道我这貌似伟岸的身躯里藏着多少不为人知的苦楚吗？”

我打了个寒战，右手一个痉挛。

他说：“你都二十二岁了，想看见爸爸看爸爸，想看见妈妈看妈妈，你还不知足呢。我想看我妈，只能从床头柜里翻相册。”

我说：“毛峰你现在要是哭出来我就真抽你。”

毛峰泪眼汪汪地说：“你真不是个东西。”

我说：“这不是情之所至吗？”

他说：“你补偿我。”

我说:“怎么补偿?”

他说:“我要住到你这儿来。”

我说:“你知道吗，我妈有可能跟你爸有一腿，过不了多久他们俩可能会结婚。所以你要是再继续跟我这样，咱们就有可能组成一个乱伦的大家庭。”

毛峰傻住了，他长得十分纯真，特别适合这种呆傻痴茶的表情。

然后他说:“那咱们俩还能在一起吗?”

我嚼着火烧说:“不能了呗。”

他说:“徐夏你能不能别这样，你对我真是太无情了。”

我不敢嚼了，艰难地咽下一大口火烧。

他说:“你知道我从什么时候开始喜欢你的吗?从小学，小学五年级。喜欢你之后我三年没敢跟你说话，就远远地看着你，还有一阵子每天给你写信，现在那些信都还在我床底下堆着呢，可是这三年你根本就没发现我不跟你说话了。后来你有了那个男朋友，你知道我做了多长时间的思想工作吗，最后我决定好好跟你当朋友，就像小学五年级之前一样当好哥们儿。结果你莫名其妙地跑来跟我说要跟我在一起，现在你又跟我说咱们不能在一起了，这他妈算怎么回事啊?”

他说着说着面红耳赤，然后他紧接着说:“我他妈就是个大傻×我他妈说这个干吗啊!”

他看着低眉顺眼一言不发的我，说:“跟你丫说话就没一句正经话。我心想这番话我一定要在一个浪漫的时间严肃地温柔地告诉你，结果都是他妈的被你给激的。今天早晨你知道我怀着多么生气多么委屈的心情来的吗，我心想一个好脸色都不给你，结果一看见你就变成一个臭贫的傻 × 了。”

他看上去沮丧极了。

我说：“我要是早知道这些事，就不会瞎提什么在一起。真抱歉。”

他水汪汪的眼睛伤心地看了我一会儿。

我说：“现在我再反悔，还来得及吗？”

他说：“来不及了。”

他的眼神变得坚定：“咱们俩一起玩在先，他们俩有一腿在后，按理说得他们俩让路。你是我媳妇。”

他说：“如果现在我放任你离开我，我就再也没有机会了。你不能离开我，你是我媳妇。”

我已无心啃我的火烧，在心里玩味着毛峰的话。

我想说的是，在这个凄惨的周末，他带给我的温暖即使只有一丝丝，也是实实在在的温暖。

可是同时，我又感到一丝悲凉。毛峰脱口而出的这些话，使得他再也不能是从前的毛峰。我再也不能长达半年丝毫都不理他，需要他的时候一个电话立刻到达。我一直以为这是因为我们的友谊坚不可破，真正的朋友即使相对两无言也非常自在，殊不知当我非常自在的时刻，这个傻 × 却受到了实实在在的伤害。

我再怎么荒淫无度铁石心肠，也不能这样利用和虐待一个单纯的男人。

我开始好好考虑要认真对待他，把我顽固不化的生活打开一角，留给他。

我对毛峰说："你不许跟我一起住。吃饱了就快滚。"

他们离婚之后，日子过得飞快。我们三个人很久没有见面，各自都需要时间来缓解尴尬，平复心情。我的工作十分忙碌，但因为所做的是自己得心应手、能够轻易长进的工作，所以每天虽然非常非常忙碌也异常焦躁，不过下班之后神清气爽，精神亢奋。

不久之后，别的实习生还战战兢兢不敢碰机子，我已经开始大刀阔斧地帮师傅剪片段了。别的实习生还在恭恭敬敬点头哈腰，我已经把我的师傅调戏得看到我就想跑。

每周有那么几天，毛峰来找我。我们一起吃驴肉火烧，回家看电影。他会帮我洗衣服，帮我打扫。他会带大量的水果给我吃。这个青年年纪轻轻，却很善于挑水果。每当他兴致勃勃地跟我说："今天这大橙子我跟你说，别看皮长得难看，里面绝对是汁水饱满，甜得你齁嗓子。"我就依稀看到一个烫着卷发，穿着绣花裤子的大妈的灵魂寄生在毛峰的体内。

我不得不说，和毛峰在一起十分轻松愉快。

我想不洗头便不洗头，想不洗脚便不洗脚。什么时候屁意袭来，大可嘣嘣嘣地放个痛快。看着毛峰崩溃大叫的样子，能让人产生一种变态的快感。

这一天，我们俩靠在床头，一边看电影，一边各自抽着烟。毛峰突然说："小五，我觉得我爸并没有跟你妈妈在一起。我爸比以前还宅，下班就回家，连散步都不怎么去了。而且我感觉他总是很累，心情也不大好。"

我震惊了一下。在我的幻想里，那个时候那么伤心、那么脆弱、回到我爸身边是那么的不甘愿的我妈，早就已经提出要离婚的我妈，终于离婚之后，应该立刻就和毛岩松过上了举案齐眉的生活。她不是说生活很累吗？不是很想要一副臂膀吗？她无怨无悔地跟着一个大孩子般的男人过了这么多年，为什么不给自己机会？

这些日子我没有给她打过一个电话。我从来都不是一个黏妈的孩子，我妈也同样不黏我。大学期间长时间不联系也是很正常的，前提是我们互相知道对方过得很好，衣食无忧。

本来我觉得我妈的生活也应该过得不错，可是如果她没跟毛岩松在一起的话，这漫长的两三个月，她一个人上班，一个人回家，做饭给自己吃。心怀着刚刚离婚的伤痛，又总要带着一些单身的寂寞，她难道过得不难熬吗？

她即使过得很难熬，也是不会跟我说的。

我叹了口气，想到我实在应该给她打个电话，去看看她过得怎么样，却突然浑身不自在起来。

身边毛峰突然叹了口气。我恍然回神，问他："你叹什么气？"

他弱弱地说："我刚才跟你说了二十分钟的话，原来你根本就没听见。"

这一天，因为一个不大不小的节日，公司中午就放了假，把疯狗一样的小朋友们撒出去了。我很习惯这个公司的氛围，因为老板实在太感性。我的师傅杨逍现在已经成了我的铁磁儿，她跟我说，有一次老板心情不好，就给全公司放了一天假。

杨逍这个女人长得横眉冷对，不怒而威。可是我天生就是胆大包天脸厚如墙。有一次上班时间，别的实习生都在装模作样地看书学习，我却在剪死皮。杨逍怒喝一声："干吗呢？！"

我妖娆地看了她一眼说："骚样儿，要你管。"

不知道为什么，我能看得出不怒而威的杨逍是个二货，也许是因为她赶着上厕所的时候快一阵儿慢一阵儿的脚步十分有节奏感，也许是因为她偷偷照镜子然后偷偷地唉声叹气。

换一个公司，换一个师傅，我再怎么"明明就是在开玩笑"也早就死了一万次了。可是当场杨逍的脸绿一阵蓝一阵，破口而出一阵娇声："讨厌，讨厌……"

放假的这一天，我已经在公司待了四个多月了，业务已经完全上手。作为历史上进步最快的实习生，自然也拥有很高的社会地位。于是我一天天过得潇洒异常，听到放假的消息，揪起我的背包，用手指勾过正在火速收拾东西的杨道雪白尖锐的下巴，冲出了公司。

这一天的天空蔚蓝，空气清香，突然逃出办公室徜徉在大街上，气氛悠闲得可恨。从十八岁上大学离开这座城市以来，这仿佛是我第一次有空闲漫无目的地走在这些街道上。

暖暖的阳光普照着万物，散发出干燥又怀旧的香气。可能正是因为这样，莫名其妙地，我突然想起了我的前男友秦朝。

我以前和秦朝在一起的时候最喜欢轧马路。所谓轧马路不是普通的轧马路，而是手拉着手拼命走，一走走出十五公里那样的暴走型轧马路。这个习惯我一直保持到现在，有机会的时候我照样甩开脚丫子暴走，能走多远走多远。

沿街走路，比骑车、坐车、开车都更加美好。每当你在路边看到美丽的建筑，或是冰淇淋店，或是超级骚情的蛋糕店，或是旧旧的小书店，或是脏兮兮的、飘出香得不能行的烧肉香味的米粉店的时候，无须屁滚尿流地下车，或是找停车位，或是锁自行车，只需信步走过去即可。

这些当然是我独自一人暴走之后的惊喜发现。和秦朝在一起的时候，我们有聊不完的话题。大部分时候都是没营养的互相调戏。我们走十五公里的路，便可以聊十五公里，毫无压力。

我一个人暴走了许许多多城市。

上大学的那个城市是个老城，几乎每周我都要暴走一次，我坐公交车到一个看着顺眼的地方，下车，甩开脚丫子暴走，走着走着闻到一条小巷散发出美好的发霉的味道，就急刹车拐到小巷里，无论前面是什么都厚着脸皮走下去。

于是我就常常经过老得掉渣的居民区。三五个嘴唇都在蠕动的老妇人坐在潮乎乎的竹子板凳上择菜。肮脏的小学生扎着歪斜的红领巾惨叫着飞奔。有一天傍晚我还偷窥到一对消瘦的男女中学生在黑乎乎的巷子里站着做爱。我怀着阴暗的心偷窥了一会儿，甚至还想到要不要吓唬他们一下让他们不好好学习，后来想到这个男孩子可能会终生阳痿，才给自己积了点德悄悄走了。

于是，每次旅行，其实我都只是换了个城市在暴走。我暴走了鼓浪屿，暴走了大连，暴走了南京，暴走了拉萨，暴走了台北和铜锣湾。我一直梦想着能到欧洲去暴走。见多识广的富二代少女张晓婉鄙视我，说欧洲街上都没有人，水塘里还有大鸭子嘎嘎惨叫，暴走到天黑别提多恐怖了。她打赌我一定会尿在街上。

对张晓婉来说，我不管干什么都会尿，我才不会理她。

不知不觉，我走到了一条从前和秦朝轧马路的时候，必定路过的小路。这条路我太熟悉太熟悉，走在这条路上仿佛走在我自己家的院子里。这里有一家小小的旧书店，往前走从前是一个玩具店——可惜现在已经关门大吉。我在旧书店买了一本《人性论》，又买了一本《老北京城的建筑》。我之所以买这两本书，是因为《人性论》里面密密麻麻地写着原主人的感想，《老北京城的建筑》里面有很多手绘的图，超级有趣。如果是我，才不会把这么有趣的两本书卖掉。我又从路边买了一个从前和秦朝在一起的时候，每次经过都会买的冰激凌。奶油味厚重极了，里面镶着大颗的曲奇颗粒。巧克力味的曲奇爆炸在我口中，这是我最爱的冰激凌，是我最爱的味道。

大二那年的暑假回来的时候，跟毛峰吃饭，我还酒后失言地对他说，我心里还有秦朝。后来，我和毛峰莫名其妙地成了恋人，我再也无法跟他提起秦朝这个名字。

可是，阳光下仿佛一切心事都无可遁形。

回来这么久，我没有跟秦朝联系一次。他可能连我回来了这件事都不得而知。

话说回来，自从我跟他分了手，我们就再没联系过一次。

可是我怎么可能会忘了他呢？那可是稍微对我说句重话，我就食不下咽，模拟考试成绩一落千丈的男人啊！

可是我们的分手却那么潦草。

我发短信给他："秦朝，我们分手吧。"

他回我："好的，分手了还是朋友。"

就这样，再也、再也没有了任何联系。冰激凌流到了我的手指上，我忍不住长长地叹了一口气。

走了两小时，我累得不行。阳光是那么美好，我在路边的长椅上坐了下来。

这个时候令人震惊的事情发生了。我听到身后传来相当浑厚的男人声音:“小五？”

我回头一看，只见头发花白的毛岩松站在我身后。他头上戴着灰色小格子鸭舌帽，和平时一样穿着棉布衬衫和毛背心，手里拎着一个大红色塑料袋。

他笑呵呵地说:“今天下午不上班？”

“您也不上班？”

“今天没什么事，就请假去看看毛峰的妈妈。”

我一下子很尴尬，也许今天是毛峰妈妈的忌日，毛峰没有告诉我。今天我没有给他打过一个电话，也并不知道他是不是很伤心。

毛岩松在我身边坐下，我们俩相对无言。

我尴尬得浑身难受。我在非常尴尬的时候，会不由自主地往后看。可能是心理上渴求从后面来个谁缓解我尴尬的情绪。

在回头的一瞬间，我看到毛岩松抬着脸，沐浴在阳光里。他的皱纹仿佛舒展的水波，他的眼神那么平静温和，整个人好像修炼成佛一般，毫无保留、再自然不过地存在在天地之间。

于是我也放松下来，静默无语。

他温和地开口道：“你妈妈还好吗？”

“我很久没有见过她了。”

毛岩松一动不动，温和地说：“小五，你要是觉得难受，可以经常来我家坐坐。”

我心里很惊讶。我以为他会指责我，会对我说，你妈妈这么难受的时候，你怎么能不理会她。谁会想到我爸妈的离婚会对二十多岁的我造成什么伤害？

我们三个一起生活了二十来年，突然间，他们两个分开了，我们便仿佛成了三个离散的个体，在人世间自己游离。

有些时候，我半夜梦见了莫名其妙的事惊醒，想到他们已经离婚了，原本我生下来就存在的家已经不复存在了，我便感到肚子一阵绞痛。

深夜的我往往相当感性和不理智，整个情商仿佛回到童年。

好几次在深夜我呆呆地想，他们离婚所拆散的那个家，是我在这个世界上唯一的家。它应该是我不管从哪儿流浪完都能回去的地方，应该是我以后跟老公吵了架，能够拽着孩子抹着眼泪回去的地方，原本是我只要回去，就有老妈做热饭给我吃，老爸跟我一起看电视骂演员的地方。应该是我唯一能够穿着内裤摊在沙发上，抠着鼻屎哼唧的地方。可如今却散掉了。你们如今既然要散掉这个家，当初何苦要组建它？干吗要生我？干吗要害得我一个人惊醒在黑夜里，想到你们自私的离婚，独自纠结到凌晨三点还要起来拉肚子？！

凌晨之后，重新成为成年人的我，充分理解他们苦衷的我，其实心里却仍然隐隐地生气。

我气我爸长不大。气他没有认真生活、没有好好成长、没有留住我妈。我也气我妈一走了之，移情别恋。因为生气，所以根本不愿意见到他们。他们再怎么孤单、生活再怎么艰难，我也不想管了。

我觉得这种纠结是很难堪的事，主要因为我岁数实在不小了。半夜醒来，我从未把我的纠结跟毛峰说过。他从三岁起就没有妈妈，我有什么资格跟他说这些事。

我未曾跟毛岩松聊过一句，他却懂得我跟我爸妈疏远起来的原因。

我觉得有些感动，眼前的老头看起来那么温和，我不由自主产生了想要跟他多聊一聊的欲望。

我脱口而出："毛叔叔，你很喜欢我妈妈吧？"

他有点惊讶，脸上露出不好意思的微笑："喜欢是你们的说法，我只是很欣赏她。"

看着一个老头羞红了脸，我不由得感到十分舒畅，紧追道："从什么时候开始的？"

他挠了挠头说："记不清了。"又抬头望着夕阳说："不过，真的是很久了。"

这一天我和毛岩松聊了很久。我们互相都打开了话匣子，坐在路边坐到冷了，就站起来遛弯，走累了就找一个小店吃了晚饭。

他没有把我当成是一个熊孩子，没有把我当成他喜欢的女人的女儿，也没有把我当成他儿子的女朋友。我好像是他可以坦诚相待的朋友，我问什么，他都据实以告。他的不好意思，他的无能为力，尽数表现在脸上，并无遮掩。

他说我妈刚进厂的时候他就注意到她。那一年她十七岁，梳着两条麻花辫，穿着白衬衫和藏蓝色的军裤，长得水灵极了。

他说当时不只是他一个人注意到她，每个男人都忍不住要看她。

那个时候毛岩松是劳动模范、学习标兵，除了勤勤恳恳地劳动，听毛主席的话，绝不多说多动。

他从来没想过要追求她，只是觉得她好看，继而觉得她聪明，然后觉得她心眼好。

他说当时的我爸是个活跃分子。爱讲笑话，长得又帅。厂里的女工常常围着他聊天。在所有的男工人里面，我妈只喜欢跟他说说话聊聊天。

自然而然地，他们俩开始处对象了。毛岩松说，他见过好几次两个人在工厂宿舍后面的小路上吵架。我妈哭得那么伤心，我爸对她大吼大叫。那个时候毛岩松却没有产生“想把我爸打一顿”的想法。

我觉得这个情节不合情理。

他说：“因为我知道你爸心里对她好。我是榆木疙瘩，虽然也有女工偷偷托人跟我说处对象的事，可是比起你爸爸来，少得太多了。你妈并不是厂里最漂亮的女工，当然也不是出身最好的女工。你爸爸自有一身傲骨。因为你妈，他得罪了当时省里的一个大领导。他脾气虽然不好，可是这些年对你妈始终是情深意切的。”

他后来认识了毛峰的妈妈，和她结了婚：

“我的爱人很好。太多年了，要不是有照片，我可能不记得她的长相。可是我总记得有一天我回到家，她围着围裙在厨房烧菜的样子。她说：‘我烧了冬瓜汤。天冷，给你补补肺。’”

我脑补着寒冷的冬天，毛峰和蔼的妈妈站在冬瓜汤的蒸汽里，笑得很温暖的样子。毛岩松说，那个景象一遍遍出现在他梦里。

他说我爸和我妈后来顺理成章地结了婚，改革开放之后我爸离开了厂子，厂子也改制成为国有企业。毛岩松和我妈不在一个部门，也没法常常碰面。直到有一回，因为我妈部门的上司看不惯她，硬要把她调到行政部去，于是她就落到了毛岩松的手下。

他说：“当时你妈妈情绪很不好。可是她每天上班都是笑盈盈的、认认真真的。我觉得她是个很不容易的女人。我不能帮她什么，只能给她申请加了些薪水，平时尽可能地帮衬她一些。”

这些年来他和我妈保持着正常的上下级关系。因为两人脾气都很好，所以和和气气，后来也算得上是老朋友了。直到有一天深夜，他接到我妈的电话。

他笑着说："那天我好像做梦似的。她从来都是认认真真的一个人，我实在没想到她会给我打电话，说她害怕。我以为她碰到什么危险，立刻赶了过去。没想到她竟然怕鬼。当时我觉得特别好笑，改革开放这么多年了，她还怕这些封建迷信的东西。

"那天我们聊到很晚。她给我泡了茶，跟我说了很多心事。说来不好意思，那天以后，我竟然幻想起，如果以后能和她一起过日子，那得有多美。"

我说："所以你就想为自己的幸福拼一把？"

他摇了摇头说："从来没有。"

他眼神有点迷茫："我只是觉得，那段时间，我不能放任她一个人不管。我必须多帮帮她，多陪陪她。"毛岩松叹了一口气，摇了摇头说："话虽如此，可那段时间我的所作所为，对老徐来说，未免太不君子。"

他抱歉地看着我说："如果不是我，你爸爸妈妈不至于走到离婚这一步。"

我问他："那么你现在不想和我妈过日子了吗？"

他笑得凄惨："你妈妈大概并没想跟我过什么日子。她对你爸爸的感情是很深的，是我自作多情了。"

我没说话，可我知道他没有自作多情。他哪里知道，对于疲惫不堪的我妈来说，他是个多么温暖的港湾。

我说："毛叔叔，其实我很希望你能和我妈在一起。你们两个性格都很温和，其实很合适。她现在日子应该很不好过。她不提在一起只不过觉得丢面子罢了。你要是愿意的话，就替我多陪陪她。"

他笑一笑，竟然突然转移了话题："小五，你比一般的女孩子成熟很多。你妈妈已经很出色，你比她还要出色。"

我无言以对，只能露出一脸囧笑。

他说："毛峰是个很脆弱的孩子，我怕他拖累你。"

毛峰要是知道他亲爹说这种话，估计会立马泪盈于睫，哭着跑走。

我们心照不宣，并没有把这件事情告诉毛峰。毛峰这个人心理阴暗，他连我要当他后妈这种话都说得出口。

那天最后，我和毛岩松的交谈以"小五，无论如何，希望你能把我当成朋友""毛叔叔，和你聊天真的很开心"和悦地结束。

就在这个月，张晓婉哭唧唧给我打电话，说她家乡太无聊，想来我这里找工作，希望我能罩她。我欣然答应，并愿意把我租的蜗居分给她一起住。

月底，张晓婉拖着破箱子来到我家。她把箱子往客厅里一甩，就坐在我的沙发上，仰脖灌了两大杯凉开水。

喝完水，她豪气干云地用手把脖子上的水抹掉，吼道：“说说吧。”

“说什么？”我目瞪口呆。

张晓婉一脸“装的哪门子傻”的表情，盘起雪白的双腿说：“你怎么就随随便便搞了个男朋友？”

我挠了挠头说：“你说毛峰啊，是我发小。我不是跟你说了吗，那个时候心情特别低落。”

她说：“这么多年都没听你提过这么个人，突然就成了男朋友？”

我梗起脖子无理取闹地说：“不行啊？”

她严肃地问：“那秦朝呢？”

一语击中要害，我的脸上顿时烧了起来。

张晓婉太清楚我的一切一切。就算我对她故意隐瞒，至少有一件事摆在台面上——所有我在乎的事，一定会对她唠叨个没完。

我们作为大学室友朝夕相处的这些年，每逢过年过节、双休周末、生日聚餐，只要喝酒，我必喝醉。只要喝醉，必哭着向她倾诉“我好想念秦朝”这件事。

我刚上大学的时候和秦朝痛苦的远距离相恋、我和秦朝的争吵、我和秦朝的冷战，这一切都发生在她的眼皮子底下。我和秦朝只言片语便分手的那天（或者说那几个月），心如刀绞，生无可恋的我，每天晚上都要挤到她的被窝里才能睡得着觉。

她看似冷静地看着我，其实根本就是咄咄逼人、横眉冷对。

“为什么不跟秦朝联系？”她见我如倔牛一般梗着脖子不说话，就单刀直入地问我。

“我凭什么要跟他联系？他凭什么不跟我联系？”

张晓婉根本不理我这矫情的言论，她继续单刀直入地问我：“你到底想过没有？以后怎么办，这辈子就这样了？放弃了？再也不试试了？”

她漆黑如墨的双眼直勾勾瞪住我，一字一顿地问：“一、辈、子？”

我没想过。

张晓婉这样问了我，我才认真地想了起来。

昨天我没能有勇气主动联系秦朝，明天我也不会主动联系秦朝，那么我明明一天都没有停止想念的这个人，便再也、永远、直到我死，都不会和我再有任何交集了。我和聊天开心的发小成为情侣，白天上班晚上睡觉，就这样，再也不会和秦朝有任何交集。一、辈、子。

想到此处，我感到我的脊柱慢慢从尾骨往上结成了冰。

我和张晓婉面面相觑，仿佛整个房间的空气都随着我的脊椎结成了冰的时候，我的电话突然响了起来。

如蒙大赦，我接起了电话：“喂？”

毛峰高高兴兴地说："你能正点下班吗？我今天找你去？"

我说："我请假在家呢，我大学的姐们儿张晓婉来了，从今天开始就住我这儿了。你来不太方便，你甭来啦！"

毛峰在电话那边沉默了好几分钟。

"喂？喂？毛峰你说话了吗？你那儿是不是信号不好？"我嚷嚷道。

"徐夏！"毛峰突如其来地吼了一嗓子，吓我一哆嗦，"你有病啊，你有姐们儿要来住你那儿你到现在才跟我说？你好歹跟我商量一声啊，你真不是人！"

这一天下班的点儿，毛峰提着两大塑料袋新鲜的蔬菜和肉，气呼呼地闯进来，大声嚷嚷道："三个人吃饭，我不知道买多少菜够，可能买多了！"

然后他扔下塑料袋，向张晓婉豪迈地伸出了手："嘿！我是毛峰，徐小五的男朋友。"

那天晚上，他加入我们两个女人的酒局。不光如此，他跟我们一块儿聊得魂不守舍。

我们三个买了二十多块钱的红酒三瓶，吃着毛峰下厨做的好吃的，坐在我小屋的客厅里，边吃边聊，手舞足蹈。

他们两个在侮辱我的方面相当有共同语言。从我幼儿园时候尿床开始说起，说到我在大学的时候还尿床。从我不洗头发只洗刘海，说到我化一次妆顶三天。

我觉得忍无可忍，只好反攻说毛峰小时候被女孩子打哭，又揭发张晓婉每次暗恋的男人都是同性恋。这几个回合下来，他俩都从沙发上坐到了地上，开始互相亲切地称呼：毛毛和婉姐。

我深深知道张晓婉酒量不济，但我没有和毛峰喝过酒，不知道他也酒量不济。这两个人手舞足蹈，互起外号，声音越来越大，最后竟然一起唱起葫芦娃来了。

后来我突然之间断片儿，只记得那歌声一直回荡在我耳边：

“葫芦娃，葫芦娃，一棵藤上七个瓜，啦！啦啦！啦！”

第二天醒来的时候，我换好睡衣躺在自己的床上。晕乎乎走出房门，只见张晓婉已经在客厅搭好了自己的床，她和毛峰两个人在笑语嫣然地做早饭。

毛峰回头说：“小五，你起床啦？”

张晓婉说：“哎呀，你慢点走，小心头疼！”

看着系着粉红围裙的他俩，我突然产生了错觉。自己仿佛是大户人家的少爷，娶了一妻一妾。

以前，我和毛峰大概每周见一次面。自从张晓婉来了，毛峰差不多天天都在我家出现。

其实原因很简单。以前毛峰没钥匙，现在有人给他开门。

我下班回到家，晚饭一般已经在锅里。张晓婉是贤妻良母，特别会做菜。毛峰剁肉，张晓婉切菜。毛峰颠勺儿，张晓婉撒调味料。配合默契，一气呵成。两个人热情地招呼我吃饭，若是胆敢不吃，就要遭到两人的娇嗔和殴打。

我跟同事聊起此事，她们都觉得十分蹊跷。我的上司杨道跟我说防火防盗防闺蜜。奇怪的是，从前有人看秦朝一眼我都要爆发，如今却毫不怀疑毛峰和张晓婉会有什么一腿。

我说："张晓婉不是那样的闺蜜。"

张晓婉是南方人，在当地算是有钱人家的女儿，长得也相当漂亮。她最出众的是一头细细软软、浓密的棕色头发，天生无晕染。脸蛋白皙，眼睛清亮。第一次看到她我立刻想起"桂正和"三个字。我最喜欢的女孩子，就是长得漂亮人又二的女孩子。张晓婉再怎么美貌，再怎么贤惠，她都是那个提着啤酒瓶子大吼大叫"徐小五！咱们不醉不他妈归"的张晓婉。

张晓婉喜欢白净如水葱的男孩子。不幸这样的男孩子男人也喜欢。她苦恋过好几个校草，无一不是以被我们耻笑不止告终。她有过两次恋爱经历，对象都是追求她良久的男屌丝。维持不足半年，就会被张晓婉无情地甩掉。

我仔细一想，毛峰正是"白白嫩嫩的直男"，仿佛是为张晓婉而生的。

虽然想到此处，我仍然不觉得他们俩有可能在一起。

"或者说，他们俩在一起你也无所谓。"站在天台上，叼着烟的杨道无情地说。

我怒喝一声："胡说八道！"悲愤地离场。

我相信他们俩，当然不是因为“张晓婉是我最好的姐妹，我无条件地相信她”或是“我爱毛峰，我永远相信他”。若是我身边的男人换成秦朝，我会希望张晓婉离他一千公里远，永世不得相见。

这当然也不是“我根本不爱毛峰我始终爱的都是秦朝”。

杨逍若是见过张晓婉和毛峰在一起互相扔着大葱欢乐嬉戏的样子，她一定也会被那种不可言喻的姐妹感折服，从而彻彻底底地相信他们。

在经过了将近一个月“买菜做饭打游戏”的闲散生活之后，张晓婉成为一个不错的品牌公关主管。巧笑倩兮、能说会道的张晓婉，不久就把那乱七八糟的工作做得得心应手起来。

常言道：你走你的阳关道，我走我的独木桥。

常言道：几家欢乐几家愁，恰似一江春水向东流。

常言道：三十年河东，三十年河西。朱门酒肉臭，路有冻死骨。

张晓婉的事业开始蒸蒸日上的时候，我所在的影视工作室受经济危机影响，经营不善，惨淡解体。

杨逍凭借她的人脉找到了一个视频网站的工作，可她初来乍到，并不能给我也安排一个靠谱的岗位。

我骤然失业，只能穿着睡衣睡裤在家里玩命地投简历。

渐渐存款见了底，我越是忧心如焚，简历越是石沉大海。

毛峰和张晓婉的工资养活我基本上问题不大，只是若有其他方式能给我的妻妾省点钱，我还是很乐意的。

于是，失意的我找毛岩松出来喝酒。

毛岩松见我黄着脸，叹着：一身绝学无处释放，实在无力安抚，竟然说出“你愿意来我们这里工作吗？”这样逼良为娼的话。

我一个堂堂的后期剪辑，怎么可能去做人事行政，瞧不起我。

聊着聊着，毛岩松突然说：“你妈妈很好，你放心。”

他脸上挂着一丝似有似无的笑容，实在是有一点坏。

我说：“你们俩在一起了？”

毛岩松笑着说：“不是那种情况。只不过她总算愿意跟我说话罢了。”

毛岩松喝了一口酒说：“我理解她的想法。我们俩都是单位的老人儿了。要是传出去因为我当了第三者，弄得她家庭破裂，她一个女人怎么做人。我是快退休了，她还有好几年呢。我一个老头子，自己顾自己过了二十多年，不求其他，只求一个知己罢了。”

渐渐地，我跟毛岩松的酒局越来越多。只有从他这里我才能得知我妈的近况。更何况，我有很多纠结的事情，跟毛岩松说说倒是极好的。

毛岩松到底是个聪明的男人。他不给我妈再婚的压力，也不让我妈一个人孤苦伶仃。他就像一湾温度正好的洗澡水，泡在里面只觉得舒适，可若是突然站起来，估计会觉得好冷。

因为毛岩松这样的聪明，我妈也渐渐过得好了起来。

她在刚刚离婚、没了老公、女儿无良、蓝颜知己又被拒之门外的时间段，仿佛过得非常不好。

她觉得对不起我爸，也对不起我，渐渐觉得自己是个非常糟糕的人。她徒劳地想要做些善事来补偿这个世界，于是捡了流浪奶猫小八回家。

小八进家门的时候只有巴掌大。我妈精心喂养，喂奶擦屎，照顾得无微不至。可是因为胎里不足，在快要三个月的时候，小八还是离开了人世。

小八的离世彻底击垮了我妈的精神世界。幸好这个时候有毛岩松乘虚而入。

他讲到我妈因为小八泣不成声的时候，眼神里包含着心疼和温柔："她还像个小女孩子一样，那样善良。"

这个故事让我有点晃神。

在我妈心中，徐小国永远都只是徐小国。不再是她的小八了。

徐小国的爸爸徐建国，仿佛也和她没有关系了。

可是妈，徐建国永远都是你的女儿小五的爸爸，也是你的小大乃至小七的爸爸。你忘记了吗？

那天和毛岩松的酒局散得略微早一点。我坐了很久的公交车，去看我爸爸。

无论如何，我深深地爱我爸爸，他不但是我爸爸，也像是我的朋友，有些时候像我的小弟弟。因为离婚，受伤害最重的我爸，身边连一个毛岩松那样的人都没有，他又过着什么样的生活呢？

敲开我爸的房门，我各种震惊到了极点。

一个美貌的艳妇给我开了门。

五

我和我爸各自面如死灰地坐在客厅里，各自玩弄着眼前的茶杯。房间里还留着艳妇留下的香味。

那个女人看到我的瞬间产生了鲜明的敌意，在得知我是我爸的女儿之后瞬间化为友好的浪笑。她甚至摆出女主人的姿态，让我快坐下歇会儿，又亲密无间地跟我爸说："建国，我先回去了，明天我给你打电话。"

此人是我爸的姘头无疑。

我大脑一片空白。

移情别恋的我妈尚且羞羞答答，对我妈情深似海的我爸竟然这么快就勾搭上了别人，天知道这两人已经苟且了多久。

我僵硬地开口："爸，你刚才也不说给介绍介绍。"

我爸僵硬地开口道："那是你卓阿姨，是朋友介绍认识的。"

我立刻失控吼道："卓阿姨？！她才多大啊你让我叫她阿姨？爸，你现在是单身，可是你也不能乱找啊，这算什么啊，老牛吃嫩草多难听啊，你哪怕正经找个对象呢？！"

我爸僵硬地说:“这就是我正经的对象。”

我们俩保持了将近十分钟死一般的寂静。

在钟表嘀嗒嘀嗒走得愈演愈烈的时候，徐小国向着沙发抬起了后腿。我和我爸齐声大吼不但吓傻了徐小国，也打破了恐怖的沉默。

我和我爸再次揪着徐小国外出上厕所。

我长吸了一口气说:“爸，你给交代交代吧。”

他说:“交代什么？只许你妈找别人不许我找别人？”

我说:“不是不许，但是你得跟我交代清楚。”

他可能是整理了一下语言，然后开口说:“你何叔叔，看我被人甩了，心情不好，带我出去玩，认识的你卓阿姨。她年轻，性格比较开朗，而且也喜欢我。我跟她待在一起挺高兴的。”

我无言以对，寥寥数语，无可反驳。他为什么不能过得高兴？他为什么只能找老太太？跟我妈一个年纪的女人，并不是都像我妈长得那么年轻啊。

我问:“她多大年纪？”

我爸支支吾吾不说，我逼问半天，总算招供说:“三十二岁。”

得，真比我大不了多少。

我叹了口气，无力地问:“她人好吗？”

我爸也无力地回答:“怎么不好了，是个热心肠。她是娇生惯养，十指不沾阳春水，看我一个人过得这个样儿，给我找了个小时工天天来帮我收拾屋子做饭吃。”

我说：“她长得挺好看的，怎么没结婚？”

我爸说：“没结过婚，她谁也看不上。”

我冷笑道：“不干活不做饭，谁愿意娶她啊。”

我爸说：“你别这么说，天下不是哪个女人都要向你妈看齐的。”

我一想也觉得自己无理取闹。为什么女人就非要打扫屋子做饭，如果我妈也这样雇个小时工了事，她也不会这么累。

我突然阴暗起来。一个年轻未婚的熟女，看上我爸什么？长得帅？就算帅，他也一脸褶子满身松肉。有钱？这座城市比他有钱的老头子不知道有多少。我突然对这个“卓阿姨”产生了强烈的兴趣。

想到此处，我收起尖酸刻薄的嘴脸，装出一副贤惠乖巧的样子说：“也不错，有个热心人陪着你我也放心了。爸，我觉得我跟她多接触接触挺好，不然这样，你把她的电话给我吧，回头我找她喝喝茶聊聊天。”

我装得挺伤心的样子说：“你看你们俩离婚以后，我跟你们都没什么联系，也没个人陪我聊天了。”

我爸直心眼儿，还觉得挺高兴，痛痛快快地给了我她的电话。

此人名叫卓俊君。如此拗口矫情的名字，真让我在内心呕吐一百遍。

他仿佛借着目前比较轻松的气氛脱口而出道："你妈怎么样？"

我冷笑一声说："你还记着我妈呢？"

他又沉默。

我有点后悔，何苦说这么贱的话。我说："我不知道，她应该过得还不错，我没见过她。"

他叹了口气说："也是，你也不好总打扰他们。"

我说："她和毛叔叔现在就是朋友，没有怎么样。她没有你这种的正经的对象。"

我明显看到我爸涌起一股喜色。他没说话，可是脚步莫名轻快。

不知道为什么，我觉得他那股喜悦让我有点生气，忍不住要打击他。我说："她那其实都是为了你，加上爱面子。你放心吧，回去我跟她说，你跟卓阿姨挺好的，让她别记挂你。"

我爸的脸果然阴沉了下来。

你活该。

回到家，我又跟我爸聊了一会儿工作的事儿，他说要给我安排个单位，我心想你能安排什么靠谱的单位，果断拒绝。然后我又帮他烧了壶开水，叮咛他多吃蔬菜，就起身准备离开。

我爸欲言又止。

我站在门口，仔细看了看他。他似乎没有变老，也许因为有年轻的女人陪着他，他整个人倒是有些蓬勃向上的意味。

不过此刻，他一脸的落寞。

我心头一酸，想果断逃走。可是终于忍住，站稳脚跟，跟他说："爸，有什么事随时给我打电话。"

他点点头说："小五，有事没事的多过来坐坐。"

我转身离开，在楼道里落下了一串眼泪。

在我家里，从小黏我的人不是我妈，而是我爸。初中的时候有一次我去同学家里浪，打了一夜的游戏没回家。第二天回到家里，我爸勃然大怒，把我狠狠教训了一顿。我很快就想明白，他一夜没看见我，想我了。一夜没看见就想我了，如今一夜之间妻离子散的他，一定非常非常想念我们。

有一年，我妈单位组织出去玩，我妈带着我一起去了一个星期。走之前我爸屁股都不挪窝，自然不帮忙收拾行李，也不送我们去车站。一个星期之后回到家，我爸就跟久不见主人的徐小国一样，摇头摆尾，兴奋极了。那天晚饭的时候他抓抓耳朵说："天天下班回到家你俩都不在，还真挺难受的。"

他到底度过了多少个挺难受的日子？他的老婆和女儿，如今并不是玩完一个星期就拖着箱子回到家里的。她们可能再也不会回来了。

我爸嘴硬，可是他好依赖我们。他既依赖我们的照料，又依赖我们给他的感情。他会不会就像突然失去母亲的三岁的毛峰，那么孤苦无依呢？

回到我家，张晓婉一脸落寞地在看电视，见到我回来一跃而起说：“你终于回来了！毛毛今天晚上有事不来，我一个人真没意思！”

我各种囧笑，实在想不通他俩的感情。我和毛岩松喝酒，毛峰自然而然地和张晓婉吃饭，吃完饭各回各屋去睡觉。他们俩似乎有聊不完的话、开不完的玩笑、起不尽的外号。

我懒得去想我到底爱不爱毛峰的问题，扒掉外衣换上睡衣，蜷缩在沙发上，喝张晓婉的热橙汁，把我爸妈的事儿讲给她听。

张晓婉严肃地说：“所以你天天都是去跟毛毛爸爸吃饭？”

我点点头。

她说：“毛毛不知道？”

我点点头。

她若有所思地说：“好，我不跟他说。”

她说：“你跟我说说那个女的。”

我说我其实记不清了。我当时满脑子都是真够香的狐狸精大骚货卖肉女心狠手辣的后妈一系列。所以她到底长什么样儿，我实在想不起来了。

我无力地举起手机说：“不过我要到了她的电话，回头去会会这位卓阿姨。”

张晓婉兴奋地说：“要不要我一起去？”

我说：“先别，我要是兜不住就给你打电话！”

张晓婉用她柔软的小手握住我的胳膊说：“小五，于情于理你都得去看看你妈妈去。”

我呻吟一声，把脸埋进膝盖，张晓婉小心翼翼地挪走我手里马上要洒在沙发上的热橙汁。

张晓婉说：“你知道你妈是那么一个感性的女人，她养的小猫死掉了，她有多伤心啊，她这么伤心的时候你难道不应该陪着她吗？你不但不陪着她，她也不敢给你打电话，陪着她的是毛毛爸爸。你不觉得自己冷血得有点离奇吗？他俩离婚之前那么针锋相对，你都坚强地挺身而出了，现在你是怎么了，有什么克服不了的？你妈身边有毛毛爸爸，你爸身边有狐狸精，所以你就放心了吗？你敢说你不想他们吗？你也不怕他们想你？”

这些道理我当然都懂。

我闷闷地说：“我跟我妈说什么啊？”

张晓婉说：“你跟你亲妈都不知道说什么，那我也不跟你说话了。”

第二天我给我妈打了个电话，说我晚上去她那儿吃饭。

结果我妈人在单位，就这样嘤嘤嘤地哭了起来。我一边翻着白眼，心想恋爱中的女人真脆弱，一边悄悄拭去自己的一颗丢人的小眼泪儿。

晚上我买了菜，去了我妈那里。进门一看只有她自己，就问:“毛叔叔呢？”

她红着脸说:“他怎么会在我家。”一边接过我手里的菜。

我洗了手跟她一起进厨房，突然觉得这将近半年的僵持和隔阂有点可笑，我拉着她的手说:“妈妈，你有没有想我啊？”

说完这话，我们俩转折极不自然地一起痛哭起来。

我一抽一抽地说:“妈妈，我不是不想来看你，我就是觉得有点尴尬。而且我觉得……你肯定跟毛叔叔在一起，我……”

我咧着嘴说:“我也没去看我爸……”

我妈梨花带雨地说:“小五，我还以为你再也不理我了，我以后再也看不见我的闺女了……”

结果我们两个女人，哭到打嗝，给对方倒了水，喝完了水，各自打着嗝开始切菜。

炒菜的过程中，我们眼眶酸涩，喉咙抽搐地聊着各种无关紧要的话题，比如我的工作、我的事业、张晓婉的到来等。菜出了锅，饭已到碗里去，我们俩才总算恢复正常。

坐在餐桌边，我问她为什么不跟毛叔叔在一起。

她说：“我总想起你爸那副伤心的样子。我总在想，我跟他在一起了，你爸爸得多伤心啊！”

我冷笑了一声，想了想还是没说出口。

我妈何等聪明，马上看出端倪，她说：“怎么了，你爸有对象了？”

我跟蔫黄瓜一样说：“嗯，有了。”

我妈竟然露出一脸八卦的样子问：“什么样子的，你见过了吗？”

我说：“见过一面，没看清。”

这个女人不依不饶，后来我心想，反正她又不会伤心，就说：“是个三十二岁的女人，长得还挺漂亮的。我爸说，这女的挺喜欢他，他俩在一块儿，他心情好。”

非常诡异的事情发生了。

我妈陷入了长时间的沉默。

我突然心中一阵暗喜，她好像是吃醋了。

我说：“妈，你放心，回头我去跟那女的套套近乎，回来跟你汇报。”

我妈强打精神地说：“瞎说什么，我觉得挺好的，跟我汇报什么啊。”

结果过了一会儿，她又问：“她身材好吧？”

我说：“挺好的。”

她问：“是什么类型的？”

我说:“挺妖艳的，大眼睛，其他的我记不清啦。”

我妈悠悠叹了口气说:“你爸果然喜欢这种类型的。”

我说:“胡说，他喜欢你这种类型的。”

我又度过了浑浑噩噩的几天，尚未想好怎么去会会这位卓阿姨，却突然在一个睡意正浓的上午被一个电话吵醒。

手机上赫然呈现出“卓俊君”三个字。

我接起电话，传来一个奶声奶气的声音:“是小五吗？我是卓俊君。”

这个女人竟然也要了我的电话!

她非要约我见面。

我已经是一个成年人了，不是那种十四五岁，娇花一般，梗起脖子跟老妖婆打闹的少女了，没必要仇恨这种肤浅无知贪图钱财毫无水准倒贴离婚老男人的婊子。

再者，她这贸然出现也省掉了我怎么才能开口“会会她”的麻烦。

于是我很有礼貌地答应了她的见面，火速爬起来费尽心机地打扮了一番。她若是看到我很美，自然会想到我妈更美。

在跟卓俊君约定好的咖啡屋，我坐在梧桐树影下，身穿青蓝色很有垂坠感的雪纺连衣裙，脚蹬一双高跟凉鞋，长发披肩，一边非常优雅地喝咖啡，一边在心里咒骂卓俊君“跟女人约出来喝咖啡你还迟到以为自己是什么玩意”。

突然，一双冰凉的手“啪”的一声打在我的肩头，伴随着娇嫩的叫声:“小五！你好早呀！”

吓得我差点拉稀。

我巧笑嫣然地回头喊:“卓阿姨！”

她兴致勃勃地坐在我对面说:“等很久了吧？”

我优雅地说:“不会。”

她的香水味熏得我想死。

我不知道怎么形容，她的香味好像一个山竹，一个黑漆漆的、浓烈的、厚重的、动辄就能洒出深紫色汁水的山竹。就像她茂密到好像个野人的乌黑的卷发、她柔软的身材、大红大紫的衣着。

我眼前浮现出我妈清汤寡水的样子。即便是她后来着意打扮了自己，也是仙风道骨森女风。

我从手边抽出一支红塔山，问她抽不抽。她大惊小怪地说:“女孩子怎么抽这么烈的烟，要抽那种细细的才好呀！”

我在心里狠狠翻了个白眼。

她笑嘻嘻地说:“我非得让你爸给我你的手机号，没生气吧？我觉得咱们俩差不多大，正好可以多聊聊，我正愁没有姐妹陪我玩呢。”

姐妹？阿姨你乱辈儿了吧。

我眼神冰冷，嘴角上扬。

她伸出玉手来要点单，我点了一大杯美式，她又嗲嗲地说苦死了，一定要摩卡。

我心想怪不得你那么胖。

经过一下午毫无重点的聊天，我得知了这个女人双鱼座，上升白羊，只交过两个男朋友，一个因为要出国把她甩了，一个因为她要出国把人家甩了。从她话里话外听出她依稀还是个富二代。她大聊特聊了一个多小时的香水，我尽可能地抑制着哈欠。

她陶醉地说："我呀，家里有好几百瓶香水。可是我只喜欢香奈儿。好多香水我买回来只是为了摆着好看的。我觉得只有香奈儿能衬托出我的气质。"

话到此处，我这个内心阴暗的女流氓已经忍耐到了极限，对她陪伴我爸、善待我爸衍生出的一丝好感早已荡然无存。

我笑着说："我从来不喷香水，我觉得什么味道都俗气。"

她愣了一下，突然生出一种相当崇拜的表情来说道："小五，你好酷哦！好像你爸爸！"

我又狠狠翻了个白眼。我爸？酷？他只是傻吧。

卓俊君亲亲热热地拉着我的手说："咱们换个地方去吃午餐吧，我知道一家好棒的法式海鲜餐厅。"

海鲜餐厅果然很棒，可惜美人在侧，我只想吐，毫无胃口。

我恶作剧地问她："卓阿姨，你这么漂亮，怎么会看上我爸啊？"

她突然一脸的羞涩，对我说："你爸爸就是我一直在寻找的男人。"

我胃里一阵翻江倒海。你爸爸才是我一直在寻找的男人。你一直在寻找摊在沙发上看电视的老头子？我装作天真，托着腮帮子问:“我爸爸说，你是何叔叔介绍给他的？”

她点点头说:“老何算是我干哥哥，我们经常一起玩。”

我冷笑。果然是个婊子。傍不上何叔叔就来傍我爸。谁知道她那一百多瓶香水都是什么人送的。

她用叉子挖出一只绿油油滴着浓浆的蜗牛来，填进口中。她的手指非常好看，精心做了法式指甲。我想起我妈的手，因为日夜操劳家务，有点像个男人，从来不涂任何指甲油。卓俊君的精致和好看，让我心里一阵揪痛。我宁可看到她肤浅无知像个傻×。

她咀嚼着蜗牛说:“小五，我听说你是做剪辑的，是真的吗？”

我点点头。

她瞪大眼睛说:“你一个柔柔弱弱的女孩子，怎么做这种工作？我有朋友在开婚庆公司，我介绍你去做个经理？”她热情地说:“我觉得好适合你，女孩子嘛，都盼着要结婚穿白纱。你先在里面熟悉熟悉结婚的流程，回头找一个如意郎君快快地嫁人。”

我才不盼望穿什么白纱，看起来多么蠢。另外，婚庆公司的经理是什么职位？穿着黑西装给客人介绍业务吗？

不过，突然有一道闪电闪过我的脑海。但凡是嫁人都要有视频。为什么我不能涉足婚庆行业?

我甜甜地笑着说:“我才做不来什么经理，不过要是有结婚的视频来做，我倒是可以做哟。”

卓俊君眼前一亮，双手十指相握，娇声叫道:“我正好有个姐妹，要结婚。她那个婚礼哟，光是请婚庆公司就要花五十多万，可是婚礼上的视频她怎么都不满意。我介绍你给她，你来试试看?”

五十多万?这不是人傻钱多的主儿吗?我立刻甜甜地笑着表示非常愿意。

卓俊君也甜甜地笑着说:“你要是做得好呀，将来我跟你爸爸的婚礼也让你来做视频。我可是很挑剔的哟。”

就你这样还想嫁给我爸，别逗了!

她可能是忙着要讨好我，动作雷厉风行，很快就介绍我给准新娘认识。这个女性跟她是同一挂，可是以前结过婚又离了，这回要嫁给一个六十多岁的有钱人。丫还嘟着嘴说:“他非说二婚没必要破费，什么都不给我最好的。”

妈呀五十多万还不是最好的，我真是不理解什么是最好的了。

最后，这位准新娘兰花指一伸递给我一张支票说:“先给你两万五，你要是做得我满意，再给你两万五。”

我突然算不出来两万五加两万五等于多少了，眼前全是明晃晃的金子。

卓俊君在旁边推她："我给你介绍的人你还这么小气！"

小气？！我连忙说："先彼此建立个信任嘛。"我笑得好像一个大孙子："要是您满意的话，以后每个结婚纪念日我都给您做特别棒的片子。"

工期紧，要求高。我依据这位姐的尿性，跟张晓婉和毛峰头脑风暴了一夜，写了一个高贵华丽生生世世浪漫真爱的脚本给她，没想到一次通过，还夸奖我比那些婚庆公司的废物有才华多了。

接着我死缠烂打地求杨逍借我拍摄的设备和机房，白天拍晚上剪，又现学了好多华丽的特效加在里面。然后又精心设计了一个封面，三周工期一到，一张很上档次的光盘就送到了准新娘的手中。

片子播完的一瞬间，身为演员、把台词念了几十遍的准新娘热泪盈眶，痛痛快快地给了我剩下的两万五。

五万块啊！以杨逍那个小气鬼给我的工资，我不吃不喝两年才能攒下来五万块钱。我特别特别开心地请张晓婉和毛峰大吃了一顿。之后又去买了一台超高配置的大屏幕一体机，安装了软件。为了彰显我工作室的专业和牛×，又从宜家买了张桌子。

我把这张光盘作为老子的开山之作，恭恭敬敬地摆在了书架上。

卓俊君又介绍我认识了那个婚庆公司的人。瞬间我片约不断。经过我将近半年非常忙碌地赚钱，加上杨逍打死都不再借我设备，我终于买到了属于自己的摄像机。

我忙着拍片子和做片子，长久地不跟卓俊君见面，她常常打电话来骚扰我，最后她恼火了，逼着我请她吃饭。

我问她什么时候，她说就这周三。

这周三？！

我说："周四吧，周三是我妈生日。"

她大概有半分钟没说话。

再开口又是天真娇气的声音："那一起吃饭嘛，咱们四个，给你妈妈庆祝生日。我早就想见见她了！"

你想秀恩爱给我妈添堵是不是？我是我妈亲闺女，你以为你给我介绍生意我就向着你？

我跟我妈说了这个事儿，她笑盈盈地说没关系，一起吃饭吧，别显得咱们小气，离婚了也是朋友。

我说你叫着毛叔叔一起。

她大惊失色说那怎么行，绝对不行。

我直接打给毛岩松，跟他说他要是不去我妈就会被欺负，他立刻欣然答应。我妈红着脸说那就也叫着毛峰吧，不然太尴尬。结果叫着毛峰也就叫着了张晓婉（丫兴奋得都不知道自己姓什么了）。咱们故事里除了马阿姨之外的所有人物就这样被莫名其妙地凑了一桌生日宴。

这一天，我订了一间昂贵的酒店，通知了所有人。作为唯一的“无业游民”，我就先去包间里等。五点半，最先进来的是我爸。

我爸穿了一件雪白的 polo 衫。他头发漆黑，精神不错，我突然发现，他其实根本不是我印象中只会穿着背心歪在沙发上换台的颓废老头子，真的有点帅。

我看得出他刻意打扮过，头上打了摩丝，脸也干净润泽。我怀疑他这么精心打扮自己，是不是为了好久不见的我妈。

他一进来就问：“你妈他们还没来？”我说，没呢，你最早！

我们俩各自坐在辽阔的桌子两端，各自沉默了一会儿。

他说：“你干吗订这么贵的地方。”

我说：“爸，卓阿姨给我介绍了好多活儿，我最近因为她的关系赚了不少钱。我也没有好好谢谢她。”

我爸说：“是吗？她没跟我说。那回头我替你谢她去。”

卓俊君这么费尽心机讨好我竟然没有跟我爸说？我浮现出她那张蠢蠢的笑脸，突然觉得她真的没有我想象中那么贱。

我这个人十分狠毒，常常把别人都想得诡计多端，心里将别人骂得狗血淋头。可是有朝一日发现此人根本不坏，心里便会一阵纠结，感到非常后悔。张晓婉说我是“刀子脑豆腐心”。当时毛峰还在旁边喃喃地说：对，明天早晨吃豆腐脑。

同时我突然又忧伤了起来。如果卓俊君真的是一个内外兼修的好姑娘，那我爸和我妈就没有机会了，对不对？

我爸说："小五，你光接这些散活还是不行，最好还是找个工作。不然我帮你问问去？"

我说我觉得现在挺好的，赚得多，时间也能自由安排。我还想过阵子天气凉快了一个人出国玩一圈。

我爸摇摇头说："一个姑娘家别自己跑那么远。"

我发现他好像说话也不一样了，温和又低调。好久不见我爸，我觉得他好像变了个人，越看越觉得确实有点帅。

他用手指摆弄着放筷子的小托儿，小声问我："你妈妈怎么样？"

我笑呵呵地说："一会儿你自己问她就好了嘛。"

他过了一会儿又问："他对她好不好？"

我乐不可支地说："你一会儿自己问她就好了嘛。"

我爸微微一笑，摇着头说："亲闺女不仗义啊。"

服务员在外面喊：这边请。我们俩同时仰脖子张望。我在心里不断地祈祷：是我妈，是我妈。

皇天不负有心人，果然是我妈。

她下班直接过来，穿着一条深绿色的连衣裙，微微发棕色的头发烫了很大的波浪搭在肩头。这条裙子领子开得不低，长度也过膝盖，可是却因为太适合她而显得她非常性感。她带了一对儿玫瑰金的耳坠子，在雪白的脸旁边晃。还画了淡妆，涂了深玫瑰色的口红。

她可真好看。

卓俊君好比一大盆芍药，血红盛放毫不留情。我妈却像一棵竹子。她在过去的二十年里淹没了的光芒在这段时间缓缓地放射出来，她四十几岁的美貌已是无可超越的醇香。

糟糕的是她和我爸今天穿的好配，很有他们那个年代人的风范。

我妈笑着说："你们两个倒是很早。"

我不吱声，我爸说："下班了？老毛呢？"

我妈有一丝尴尬，说："老毛下午去开会了，晚一点过来。"

他们两个隔着两个椅子坐下。

我看着这两个光鲜靓丽的人，眼前浮现的却是过去二十年数不清的黄昏，他俩一个穿着跨栏背心，一个穿着棉布睡衣，邋邋遢遢地坐在桌子旁边吃晚饭。我爸唠唠叨叨口沫横飞，我妈含笑听着。我一边吃饭一边扭头儿看动画片。

那样的时光，说不定一去不复返。

我说："我要去尿尿。"

然后就逃离了现场。

我躲在厕所里抽烟，过了一会儿听见一个娇滴滴的声音叫我："徐小五？"

我说："张晓婉？"

她开心地说："哈！我就知道你躲在这里！你在哪个坑？"

我无奈地打开门锁开了一个小缝，张晓婉闪身进来。我光着大半个屁股蹲在那里，看着她关好门跟我挤在一起，我的脑袋正对着她的下体。

她兴高采烈地说："我去了包间，看见你爸和你妈两人在里头坐着，我赶紧说要撒尿就逃出来了。"

"他俩干吗呢？"

"说话呢，两人都还挺高兴的。我进去之前听见你妈笑得花枝乱颤。"

"你妈才乱颤。"

她抽出我嘴里的烟叼在自己嘴上，口齿不清地说："你猜下一个来的会是谁？"

我说："但愿大家都有事儿谁也不来。"

躲了良久，我们俩双双回包厢，站在门口双双翻起大白眼。

毛峰这个傻 × 大刺刺坐在他俩中间，左一句右一句聊得十分疯癫。

那天六点钟左右，人终于来全了。

卓俊君竟然坐在我旁边，拉着我的手小五长小五短撒娇个没完。张晓婉倒是不争这个闺蜜的地位，她跟毛峰坐在一块儿心花怒放大吃大喝地看好戏。

毛叔叔毕竟是个波澜不惊城府极深的男人，他含笑坐着，礼数周全，毫不急躁。偶尔非常低调地给我妈递个纸巾之类的，没有争风吃醋的作为。

现场气氛当然有些尴尬，人们各怀鬼胎。不久我给我妈订的生日蛋糕送来了，大家给她唱了生日歌。我妈很不好意思，说多大人了过生日又不是什么光彩的事。张晓婉甜甜地说:“祝阿姨十八岁生日快乐！”

我妈笑着说太淘气了，张晓婉说阿姨看着比三十多岁的人年轻多了！

我赶紧偷看了一眼卓俊君，她的脸稍微僵了一下，立刻又恢复了常态。她说:“姐，我早就想见你一面了，就是找不出机会来，你可真好看，好看得让我吃醋！”

我爸瞬间摆出一个很阴沉的表情瞪了她一眼。

我妈倒是笑得稳重，说:“老太婆一个，哪里还好看。”

分好了蛋糕，菜们纷纷被端上桌，大家你一杯我一杯地喝着红酒，渐渐有些微醺。饭桌上的气氛这才活络了一点点。

张晓婉唯恐天下不乱，问我爸和我妈:“你们俩是怎么认识的？”

我妈立刻非常慌乱地看了一眼卓俊君。

我也看了一眼卓俊君。她眼里一扫而过的失落很快就被掩饰下去，她说:“对呀，给我们讲讲，徐老师怎么都不讲给我听。”

徐老师？！我这辈子第一次听人喊我爸徐老师！难道他

们俩私下玩老师和学生的游戏吗浑蛋？！我很震惊地又看了她一眼。

我爸笑着说："多少年前的事了，不说也罢。"

张晓婉仗着自己是局外人，不要脸地说："说说嘛，阿姨当时漂亮不漂亮？她今天过生日，让她高兴高兴嘛！"

我爸竟然害羞了，说："当然好看，惊为天人。"

我妈显然吃了一惊，脸红得好像晚霞。

张晓婉透露出一种已然喝醉了的样子来，说："叔叔，你现在找了个比你小这么多的女朋友，真是好福气！你觉得是阿姨漂亮，还是你新女朋友漂亮？"

丫话说得好像卓俊君不在现场一样，我觉得只有我能控制一下局面，就说："你喝醉了吧晓婉？"

我爸居然开口了，他说："各有各的漂亮。"

毛峰也看不下去，伸手拦她。张晓婉粗暴地打开毛峰的手说："这种回答我们不接受！"

我回头看了眼卓俊君，她目不转睛地望着我爸。因为角度过于侧面，我无法解读她的眼神。

这时候毛岩松开口了："女士漂亮不漂亮，本来就是仁者见仁，智者见智的事。在老徐眼里或许卓小姐比较美，可是在我眼里，小月总是最美的。"

我妈通红着脸把脸都快埋到桌子底下去了。

我爸的脸臭得好像屎。卓俊君目不转睛地盯着他。

张晓婉发酒疯："古人云：'窈窕淑女，君子好逑。'像阿姨这种柔弱的美女，好多人追太正常了。要是追到手还不珍惜，那就属于是，"她竟然打了个嗝，"暴殄天物！"

我说："毛峰，你快把晓婉带回家吧，这姑娘一杯就倒我见过太多次了。"

张晓婉挥挥手说："徐小五你胡说八道！我一点也没喝醉！"

毛峰一副娇弱少女不知所措的样子，我只好起身，对各位说："我把她带出去吹吹风。"

走到她身边的时候，我掐了一把毛峰的胳膊，示意他一起出来。毛峰大叫："哎呀好疼，你掐我干吗？"

我翻了个大白眼。看到怀里瘫软的张晓婉也翻了个大白眼。

一走出包间，张晓婉东倒西歪地说："小五，我演技怎么样？"

我冷笑说："演技？！你丫绝对是真喝多了。"

张晓婉说："我就看不惯丫那骚样儿！三十好几了穿个大红还雪纺的裙子给谁看！"

毛峰说："我觉得她人不错。"

张晓婉说："不错个屁，不错她能勾引有妇之夫？"

毛峰雷锋附身地说："你这是偏见！徐叔叔已经离婚了，为什么不能追求幸福？为什么你们不指责小五的妈妈还没离婚就跟我爸搞在一起？"

一下子气氛冷得好像冬天。我和张晓婉都僵尸一般站在原地。

毛峰说："小五妈妈已经跟我爸在一起了，你们还在撮合她和前夫。我爸喜欢她这么多年了你们考虑过我爸的感受吗？现在小五的前男友回来追她你们是不是也要帮着她前男友？"

张晓婉酒后爆发地吼道："我是站在小五的立场上想问题，小五当然希望她爸妈能和好了，你呢，你难道不希望小五妈妈和你爸爸分手吗？你不是想娶她吗？"

我和毛峰都像僵尸一样站在原地。

张晓婉还在吼："你丫不是跟我抱怨你们俩的道路困难重重吗？你丫不是说小五挣钱比你多、比你能干，你觉得配不上她吗？我又帮你又帮小五我做错了吗我？"

张晓婉酒后痛哭。

其实她酒后常常痛哭，有一次对我哭的内容是：你不爱我，你爱别的女人。当时我都晕了，我他妈爱什么女人啊我。

我说："你们俩互相嚷嚷个屁。别闹了晓婉，你还是回家吧。毛峰你送她回家让她睡觉。"

毛峰居然梗起脖子说："我不送！徐小五你让我送一个喝醉酒的女青年回家你是不是有病啊！你不怕我们俩发生点什么啊？！要送你送！"

我又不是没喝酒，我也火了，吼道："老娘这不是相信你们吗？！"

“相信个屁，你丫根本就不爱我！你丫根本就无！所！谓！”毛峰貌似也喝了不少，吼道。说罢他拂袖而去，剩下我和张晓婉僵尸一般站在原地。

张晓婉沮丧地说：“我酒都醒了，晕得正舒服呢！”

“你肯定不会和毛峰发生什么对不对？”

“你难道不觉得毛峰正是我喜欢的类型吗？”

“你什么意思你看上他了？”

她翻了个白眼说：“我这一晚上眼都快翻抽筋了，姐们儿的男人我是不碰的，你不知道吗傻×？”

“那我相信你们俩有错吗？”

“当然有错了。小五，你根本就不爱他，你心里知道。”

我语塞。我想说：胡说八道。但是太苍白了，说完“胡说八道”接下来说点什么好。

“那如果有一天秦朝回来追我，你会帮着秦朝追我吗？”

“秦朝。”

“老子问你话呢你秦朝个屁。”

“秦朝在你后面。”

我转过头来，才觉得自己真的喝多了。可能张晓婉和毛峰都没有喝醉，他们只是说了自己一直以来想说的话。我才是真的喝醉了，我才是酒量最不济的那个人。

我眼中阔别五年的秦朝有四个眼睛两个嘴。他穿着深色带白点点的短袖衬衫，真难看，真不适合他。

我晕极了，天旋地转，时光也倒转。好像回到了他还穿着蓝白校服的时光。他那么青涩，那么幼稚，那么爱我。

即便如此，我还是记得他跟周围的人们低声说了几句话，便向我走来。

他满脸都是惊喜，说：“小五？！这么巧！”

是啊，怎么这么巧。我在网上找了这么多酒店，怎么会找到你今晚要来的这一家。我们吃喝说话这么久，怎么会赶在你撤离的这一分钟在大堂争吵。怎么会毛峰前脚刚走，你就出现在我身后。

这个城市这么大，我和你即使每天在一条马路的两端上班，我也可能一辈子都遇不到你，秦朝。

我喝了半瓶红酒，它们在这一瞬间一齐冲向我的四肢百骸，冲向我的头脑。

我在非常醉的时候，即便控制不住自己的眼泪，控制不住自己的肢体，我还是能控制得住自己的头脑。

张晓婉，考验你和毛峰友情的时刻到了。如果你这个时候没有在我身边，你他妈怎么算是毛峰的好姐们儿。

我挂着满脸的眼泪扭头去找张晓婉，她无影无踪。

我和秦朝坐在酒店后面黑暗的角落里。他点了一根烟，递给我，我哭着塞进嘴里。

他说："小五，我待不了多久。今天我请客户吃饭，马上得赶到下一场。"

"哦，好。"

我挂着眼泪，抬起一个尽可能懂事的笑容说："你去吧，我没事。"

"……算了小五，你喝醉了，我送你回家。"

我故作冷静，其实却泪涕滂沱："不用，不用，你不用扶我，你别过来……"

我尚不知道发生了什么的时候，秦朝拥抱住我。他结结实实的怀抱带着铺天盖地的男人味，让我无所适从。

秦朝的怀抱，曾经是我在这个世界上最爱的角落。

突如其来，我幻想了，不止一万次的，今生今世，还能被秦朝抱在怀里的时刻，终于来了。

我的眼泪濡湿他老气的衬衫，我的双手不知不觉地紧紧抱住他的脖子，我的嘴唇不知不觉地贴住了他的嘴唇。我要紧紧抱住秦朝，一松手他就会如过去的三年中的每一分每一秒一样，消失得无影无踪。

我听到秦朝在我耳边，用他低沉的声音忧伤地说："小五，我好想你。"

"我也想你。"

我不知道这句话我是不是真的说出了口。

后来我猜我根本没说出口，我可能说的是："我要回去了，我爸妈还在包间里。”

因为秦朝说：“我送你回包厢，我就走。”

然后我说：“我想尿尿，你送我去厕所。”

回过神来，我在厕所呕吐不休。拍着我的人是张晓婉。我边吐边哭，泣不成声。

我一边哭得抽搐一边对张晓婉吼道：“你刚才干吗去了？你怎么对得起毛峰？”

她停顿了一会儿说：“小五，无论发生什么事我都站在你这边。毛峰真心爱你，他是你的好港湾，你不能放弃他。”

我哇哇地吐出一串鱼翅。吐完鱼翅，我觉得冷静多了。

我对张晓婉说：“没什么放弃不放弃的，张晓婉。”我在我垂下的头发之间，含糊不清地说：“秦朝跟我说，他快要结婚了。”

第二天早晨吃早饭的时候张晓婉大骂我。她质问我凭什么总说她酒量差，就我这酒量还有脸说别人呢，不是有毛病吗？

我头疼得要死，胃也相当难受，我懒得理她。

毛峰臭着脸坐着一言不发，扒拉着张晓婉做的好吃的面条呼噜呼噜地吃着，仿佛过了不足一秒，他吃完面条，站起来说：“我去上班了。”

他大力地甩上房门，我和张晓婉沉默着。

终于还是张晓婉打破沉默，她说：“你昨天和秦朝……”

我沉着一张苦瓜脸，用筷子翻着面条不说话。

张晓婉深呼吸了一下，继续说：“亲嘴儿了？”

我做贼心虚，只能把脑袋低得更低。

张晓婉沉思了一会儿问：“亲完之后他说他快结婚了？”

我低着头，细不可闻地说：“他说完快结婚了才亲的……”

张晓婉把她可爱的柔软的嘴巴抿得紧紧的，脸上显示出忧心忡忡的表情。

我和张晓婉都是疾恶如仇的人，还曾经一起画下了诅咒圈圈，诅咒小三都得死。此时此刻我知道她的心里并没有批判我是对是错，是有道德还是缺德。她知道我身处何等激烈的炼狱之中，她的眼中满满的只有对我的担心。

她沉默了好一会儿，才开口道：“小五，我有点后悔我和毛峰关系这么好。你得好好想清楚，你和毛峰会有什么样的未来。整个这段恋情对你来说只是游戏，对他来说却是他一辈子的真爱。他跟我说，从他十八岁起就决定只要你愿意给他机会，他就非你不娶。”

非你不娶。

我面对着一碗西红柿鸡蛋面，第一个想到的却仍然是秦朝。

十八岁的时候，秦朝对我说：我今生今世，非你不娶。

他是多么认真，他的眼睛里燃着熊熊的火焰。我竟然相信他，竟然相信不管怎么样，不管我跟他分手或跟他在一起，总有一天，他是要娶我的。可是如今他认认真真地要娶别人了，我怎么会蠢到相信一个十八岁的少年说的话。

他爱她吗？因为爱她要娶她吗？

那么毛峰呢，他真的爱我吗？像当初我爱秦朝那样爱我吗？

我突然发现，离开秦朝这些年，我似乎忘记了爱情的感觉。

比现在年轻几岁的时候，我跟张晓婉讨论爱情。我说唯有激情才是爱。她说我肤浅，真正的爱是细水长流、天长地久。我说唯有激情才是爱。她摔东西说那你说激情和兽欲有什么区别，我说当然不一样了，体会过就知道兽欲是兽欲激情是激情。唯，有，激，情，才，是，爱。

把她气得半死。

我嘴里含着嚼了一半的张晓婉煮的面，开始认真思考她说的话——真正的爱是细水长流、天长地久。

我爸和我妈这么多年，支撑我妈忍耐这种生活的难道不是爱吗？支撑我爸每天回到家面对同一个女人，无论她是丑还是好看，无论她是长发披肩还是扎一个老太太发髻，都欢天喜地地对着她讲述自己的一天的这种力量，难道不是爱吗？

我回忆起我爸和我妈离婚前最后那一段日子，他们明明就已经好起来了。

有一天早晨，我爸跟我妈开玩笑，我妈把她手里的毛巾抽在我爸屁股上。

那个“啪”的声音，此刻“啪啪啪”在我心头形成凄凉的回音。

如果是我嫁给了秦朝，过去十年，过去二十年，过去五十年，他变得又老又丑不可理喻，我必须要忍耐自己的脾气来维持我们幸福的婚姻。我愿意，我愿意一天一天地为他忍耐。

张晓婉看了看表，又叹了一口气。终于，她斩钉截铁地说：“我也要上班去了。”

所有的感情冲喉而上，我泪如泉涌。

张晓婉鬼吼：“我上班去你至于哭成这样吗？！”

我抱住她的大腿号啕不止道：“你别生我的气，你发誓不管我做什么浑蛋的事你也不能生我的气！”

她自然是一边蹬腿儿一边骂我：“都早晨了啊你丫别装得一副刚喝醉的样子啊！”

我被她踢倒在地上，哀哀哭泣。

我听到张晓婉深深地叹了一口气，然后就感觉到她温柔的手抱起我的头，温柔地抚摸着我的头发。

在这个世界上所有的姑娘里，我最喜欢张晓婉。如果有一天我要变成蕾丝边，我果断选择扑倒张晓婉。无论是谁，无论多大年纪，总会有撑不住或是想不通的一天。这个时候人们其实并不需要长篇累牍的大道理，只需要被人温柔地抱在怀里摇晃着。人们定期地需要回到刚出生嗷嗷待哺的时候——拉了屎或是呛到奶便是最晴天霹雳之事，只需被妈妈抱在怀里温柔地摇晃。

我这辈子上一回发生晴天霹雳的事，便是和秦朝分手。那一夜张晓婉钻进我的被窝，抱着我温柔地摇晃。

张晓婉的声音仿佛天籁："要不要我请假陪你？"

我委屈地打着哭嗝儿点了点头。

她说："我跟你客气客气你还真要我陪你啊？"

我抱住她软软的身体撒娇道："妈妈我要吃奶！"

她伸手将我的头推开一手臂远说："找你爸吃奶去！"

"小五，你自己好好想一想。晚上回来我跟你聊，乖乖的。"

这一天天气非常好，好到宿醉头疼的我，走到客厅便被刺眼的阳光晃瞎，感到尖锐的疼痛钻进颅骨。

我洗了个澡，洗掉昨天晚上澡都没洗就睡了的臭味。一边洗澡一边下决心，这一天我要好好清醒过来，想明白我在醉酒的情况下想不通的那些事。因为我和秦朝再也不可能了，所以必须忘掉他。

我突然想到一个矫情的点子，要把家里好好打扫打扫。平时都是毛峰他们俩收拾屋子做饭，我今天要好好服侍他们。我还想到要去外头的市场买盆花放在桌子上，这是毛峰嚷嚷了很久的，我总是挥挥手不耐烦地说：招虫子。

我站在热水下面想：我不要回秦朝的电话，不要回他的短信，我要告诉他，老娘自己过得非常好，朝气蓬勃。

想好之后我关掉水龙头擦干自己，从浴室出来后下决心一一删除秦朝发给我的短信，拿起手机，一切决心都化为泡影——丫根本就没有给我发任何短信。

张晓婉回到家的时候，我正蓬头垢面地窝在沙发上，拉着窗帘看《甄嬛传》，桌子上摆着中午吃剩的炒面、外卖的盒子和啃完的狼狈不堪的芒果核芒果皮。因为头发还没有干就躺下了，所以抬起头来迎接张晓婉的我，发型已然诡异到不可直视的地步。

虽然我独自在家，时而有活时而没活很无聊，但也确实很少颓废至此。

于是张晓婉长长地叹了一口气，她太熟悉我为情所苦的这个死样子。

她说："毛峰跟我说他晚上回家住，不过来了。"

她麻利地收拾了我桌子上的垃圾，打了个电话叫了俩菜。菜来了之后，她从冰箱里开了两罐可乐，在我旁边坐下来说："说说吧！"

我却不知道从何说起。

当时我失恋，和张晓婉脱了裤子盘腿儿坐在床上，可以一整天地向她倾诉。刚和秦朝分手的我，无论走在哪里看到什么都会想起他，我毫无保留地跟张晓婉分享我的每一点点想法。这种做法非常讨人厌，大部分闺蜜都会感到厌烦并且上网吐槽，可是张晓婉不是那样的闺蜜。她天生就是听人说话的人，让人充满了倾诉的欲望。

张晓婉不但是我的朋友，如今也是毛峰的朋友。而我撕心裂肺地加倍思念的人，毕竟已经是一个快要结婚的男人了。我的思念，我说不出口。

张晓婉吃了一筷子土豆丝。正如毛峰玉树临风的少年外表下住着大妈的灵魂一般，张晓婉水灵美少女的外表下同样有个老爷们儿，如今这个老爷们儿光着脚丫子，左腿盘着，右腿立着，穿着的可爱蓬蓬裙敞开搭在肚皮上，露出黑色内裤。

她大口咀嚼着土豆丝，并且仰脖灌了一口可乐，口齿不清地说："小五，我不会讨厌你的。你说吧，秦朝怎么你了？"

我哭丧着脸，扭扭捏捏地说："他没有怎么我。"

"没有怎么你？难道他连个短信都没发给你？"

这个女青年看透世事看透我，实在是个不可多得的人才。我沮丧地点了点头。

张晓婉一边嚼，一边低头想了一会儿。她说："你有没有想好你到底想怎么样？”

我说：“我不想当小三，也不想再跟秦朝纠缠。”

“但是呢？”

但是？

但是我自以为已经能够摆脱他，过上最起码是平静的生活，还以为我离忘记他、放弃和他在一起的任何希望已经指日可待，可是我却在喝醉的时候又遇见了他。如果我没有喝醉又怎样，难道就可以不这么激动吗？内心就可以不这样风起云涌吗？就可以没有那么多回忆一瞬间涌上心头，就可以不看到他温柔的眼神就陶醉至此，就可以不感叹缘分的奇妙吗？就可以在第二天，不恨他竟然连一条短信都没有发给我吗？分分秒秒无比煎熬，只是等他一个短信。只是想再听他多说一句想我，或者还想得寸进尺地听他说一句还爱我。我想听他说必须见到我。我想在见到他之后，再一次被他紧紧抱在怀里。我想听他说不能没有我。我是多么想听他说：虽然对不起她，可是为了你徐小五，唯有和她分手取消婚约。

不，不需要这样。我只想跟他说说话，发发短信。

可是除了这些，他跟我还有什么好说的呢？小五，你好点没？小五，你今天有空吗？小五，我们一起吃个饭？

从前，我们俩没话找话，可以从睁眼就发短信到闭眼，中途还要打好多次电话。曾经手机屏幕突然间亮起来成为我生活唯一的指望。他无论跟我说什么我都高兴，只要他跟我说话。

“媳妇儿，我出发了。”“媳妇儿，我走到天桥底下了。”“媳妇儿，我刚才看见有个老太太下巴特别短。”

那个时候我不知道他，反正我发短信的速度快到人神共愤的地步。大诺基亚真是好，我眼看着老师，频频点头，蹙眉思索的时候，仍然能在桌子下面噼里啪啦几百字几百字地跟秦朝吵架。

如今大家都不用按键手机了。触屏手机，我一句话都打不顺。

我们会就“你今天想我没有”一事，你来我往一个多小时。会以“我想亲你”为起点，胡说八扯到很远的地方。会因为“你今天干吗用那样的眼神看我，你是不是厌烦我”或“为什么今天在操场上你一眼都不看我”这类的事情，大吵一架大哭一场。

只是我以为我忘了这一切，或者说，以为自己可以没有这些火热的东西正常地生活下去，直到昨天。

此刻的我，比昨晚在秦朝面前痛哭流涕的时候更加痛苦。我猜测了一整天他为什么不给我发短信。我告诉自己，他一定是陪客户喝醉了，还没有醒酒，过了中午他一定会给我打电话的。

天已经黑透，我和张晓婉窝在沙发上，开了一盏小灯在吃着菜喝着可乐。他没有丝毫要给我打电话的迹象。我徐小五真的没有想到自己会有今天。

张晓婉用她那沉默温和的态度听完我说的这一切:“你给他打个电话算了，这是何苦？”

我相当激愤:“我是那种人吗？明知道别人快结婚了，还打电话勾引别人？”

她没有理睬我当婊子还要立牌坊这种欲盖弥彰的鸵鸟心态，忧伤地直视着我说:“所以对你来说，毛毛真的只是个填补寂寞的工具？”

我沉默。

昨晚，秦朝紧紧拥抱着我，正如我紧紧拥抱着他。

“你未婚妻如果知道这件事，该有多伤心！”

秦朝对着我的耳朵说:“她和你不一样。我和她，跟我们不一样。”

是啊，当然不一样。对我而言，毛峰和秦朝也是不一样的，仿佛两条平行线，没有任何可比性。可我在拥抱着秦朝的时候，连他的未婚妻都同情了起来，却丝毫都没有想起毛峰。

如果爱如我的定义，无疑我丝毫都不爱毛峰。那么我对毛峰的感情又是什么?

张晓婉问我:“你为什么要跟他在一起？”

“因为不想看丫垂头丧气的那个样儿。”

“那我可以理解为你害怕伤害他吗？”

“没准应该理解为我这个人人尽可夫不是什么好人呢！”

“那如果楼下那个二流子追你你会答应他吗？”

“我他妈凭什么答应他啊？”

“你不怕看二流子垂头丧气的样儿？”

“丫他妈垂头丧气关我屁事。”

所以说，我是害怕伤害毛峰才答应跟他在一起的。如今我对秦朝如此纠结放不下手，为何不当机立断地和毛峰断了关系？同样是因为怕伤害他而已吗？

张晓婉说：“徐夏，你跟毛毛好好谈谈吧，你偶尔要听听他的想法。”

我点点头。

“开诚布公。你的心思他都清楚，你和秦朝在一起的时候我还不认识你，可是他就在你身边，他比我更知道你放不下秦朝的心情。”

我又点点头。

张晓婉捏着可乐罐叹了口气：“毛毛要是没有爱上你该有多好。”

六

并非我刻意逃避要找毛峰“开诚布公好好谈谈”这件事，而是毛峰长达半个月的时间没有回来住。张晓婉不是那种唠叨我说你倒是主动给他打个电话啊的人，我又不自觉，乐得清闲，可是我和张晓婉之间的话却越来越少了。

从前宿舍有四个人，我们俩总悄悄躲起来聊天。如今家里只有我们俩，我们却常常看着电视一言不发。

半个月过去的某一天，张晓婉说：“小五，我找了个房子，离我公司近，你这儿太远了，而且我又不好老是跟你挤。”

我说：“那行，回头我帮你搬家。”

虽然我不是个黏人的人，也不是个甜蜜的嗲闺蜜，可是我绝对不排斥跟张晓婉同居这件事。如果是以前，我一定会埋怨她干吗自作主张地找房子。当然，如果是以前，她也不会蔫不唧地把房子找好了再跟我说。

我不清楚我们俩之间具体出了什么问题，不过当然是跟毛峰有关。

那天聚餐的场景真的非常尴尬。最后不但我们几个小屁孩喝得东倒西歪，我爸也喝醉了，我妈、毛岩松和卓俊君一起把他送回了家。

奇怪的是，从此以后卓俊君很久没有跟我联系。我在纠结秦朝的事，也没空琢磨张晓婉那天挑的那些事儿她会怎么想。

因为毛峰没有回来住，我不好撇下张晓婉一个人在家里，所以也就很久没有跟毛岩松见面。我不知道他们四个怎么样了。

从那一天，直到张晓婉叫了个面包车搬走，秦朝都很牛 × 地没有跟我有任何联系。有一阵子我丧心病狂地发了很多微博，把自己的生活琐事和自己的每个面孔事无巨细予以发布，很多人评论我，好多人问我脑子出了什么毛病。我只是发给秦朝看，希望某张照片或者某件事能激起他的共鸣。

直到有一天我翻着自己的微博，意识到自己是一个彻头彻尾的神经病。意识到这一点的一瞬间，仿佛对秦朝的思念有所痊愈。

张晓婉搬家的那一天，我锁好了房门，跟张晓婉和面包车师傅三个人牢牢挤在面包车上，驰骋去她新租的房子。

因为她的搬家，在帮她打包行李的过程中，我们俩的关系仿佛有所缓解。我们一路有说有笑，又大汗淋漓地把东西都安置好。

因为她上班的地方更加靠近市区，所以房子贵得离奇，她只能租到老得要死的小区，建筑面积三十七平方米的破房子。

虽然是个破房子，里面摆着有霉味的家具，可是我却很喜欢她找的这个小屋子。房主是个六十多岁的太太，之所以称之为太太而非老太太，是因为她气质谈吐实在是有点高贵。家里的摆设很有些二十世纪七八十年代的味道，虽然完全不是什么值钱的东西，可是却很复古美好。

我帮她收拾好衣服，铺好了床，正是那一天的下午。房东太太的窗帘是旧式的花边窗帘，上面有大朵大朵颜色素雅的栀子花。唯一的窗子朝西，夕阳透过窗帘射了进来，照在张晓婉漂亮的棉麻被子上。

我们俩相视。张晓婉说："走啊！喝酒去！"

我大吼："啊呀，真是英雄所见略同。"

是因为那一天张晓婉就喝挂在了小酒馆里，我才打电话叫毛峰过来帮忙。他不出意外地阴沉着脸，把张晓婉一颠，背在背上，又爬了四层楼把她扔在了床上。我帮她擦了脸换了衣服，就蹑手蹑脚地拉毛峰的手出去。在我拉到他手的一瞬间，我感到他微微想要挣脱。

张晓婉的老小区楼下，有一个小公园，是老年人和小屁孩儿们玩耍的地方。

我本该和毛峰每人坐一个秋千显得非常浪漫，可惜这种小公园怎么会有秋千呢？

我们俩傻 × 一样每人坐在一个太空步机器上，各自把头靠在杆子上头。

毛峰阴沉的脸色让我非常窘迫和沮丧。想来想去不知如何开口，我说：“对不起。”

他冷冷地说：“你对不起什么？”

我说：“对不起这么多天没有给你打电话。”

他说：“你不是一直都这样吗？”

他的冷若冰霜吓到了我，毛峰始终都是二了巴唧的，就算跟我生气，也不是这个路数。

我说：“其实我想给你打电话的，但是一想到你在生气就不敢打了。”

他说：“别来这一套啊。”

我从来没有跟他说话这么低三下四语露委屈的，可是他他妈还来劲了。

我直起身板说：“那天你走了之后，我碰见秦朝了。他也正好在那儿吃饭。”

毛峰说：“正好？你们不是约好的吗？”

我被他冷嘲热讽的语气弄得怒火钻心，嚷嚷道：“你傻 × 啊，我要是有那心我还叫着你干吗啊？”

他阴着脸沉默了一会儿说：“然后呢？这段时间你们俩干吗了？”

我说：“什么都没发生。”

虽然没看他，但是我感觉到他僵硬的上半身稍微松懈了一点。

我说："可是，碰巧遇见他之后我觉得，我好像还没有完全忘记他。"

果然旁边的那个上半身再次僵硬了起来。

无论如何我没办法坦白我竟然和秦朝有肢体接触的事，只好跳过此事直奔主题地说："我一时半会儿不太容易真正地忘记他，这样对你不公平。你要是想分手，咱们就分手。"

毛峰轻轻地颤抖了起来。他这个打从幼儿园就爱哭的男青年，我知道他在奋力地忍耐什么。他的颤抖让我的心情也抖了起来。不知道出于什么目的，我把头靠在了他扶着杆子的手指上。

他深吸了一口气说："你对我从来没公平过。从十几岁开始，我就常常在想我到底哪里不如他。徐夏，我没有哪里不如他，只不过你从来没有认真想给我一次机会。"

我没有说话。

他说："徐夏，我不要跟你分手。现在无论如何，总有一天你可能会爱上我。可是现在分手，我就再也没有机会了。"

昏黄的灯光下，毛峰的泪痕闪闪发光。

他看到我看着他的脸，就站起来，背对着我。

我也站起来，从背后抱住他。

他像个小孩儿，跟我爸其实有微妙的相似。只是我爸是个疯小孩，他是个斯文的小孩，他们俩共同之处就是脆弱。他们俩再怎么高大，都是两个小孩儿。

我抱住他之后，毛峰抬起手臂捂着眼睛呜呜地哭出了声。

我摇着他，就像张晓婉抱着我摇一样地说："乖乖，别哭了，我跟你睡还不行吗？"

毛峰愤然挣脱了我的手臂，怒吼道："徐小五我他妈又不是为了跟你睡才跟你在一起的！"

我还是把他拐回了我家。我们俩洗了澡换了睡衣。我躺在毛峰的臂弯里，装作娇小可人的样子。

我跟他说："因为你，我跟张晓婉都差点绝交了。"

毛峰突然支起脑袋来，严肃地看着我问："你真的一点都不怀疑我和张晓婉？"

我说："我不怀疑。张晓婉绝对接受不了跟好朋友的男朋友有什么奸情。"

他打我的额头说："你他妈干吗不说你相信我对你的爱？"

我讨好地说："这还用得着说出来吗？"

我问他："毛峰，你到底看上我哪儿了？张晓婉比我漂亮多了。"

他说："确实是。"

这回我确实有点生气，于是死死地捏了他一下。

他说："我看上你是因为你学习好。"

什么玩意？

这他妈什么狗屁理由啊!

他说:“五年级上学期的期末考试你就考了全班第一，下学期你又考了全班第一，我都震惊了。我觉得你学习真好呀，于是就不敢跟你说话了。久而久之我就爱上你了，爱上你之后，就觉得你长得很好看。后来这么多年我一直都爱你，可能只是一种习惯吧。”

我一甩胳膊说:“我去! 老娘从上了高中成绩就开始倒数了，你他妈的忘了我吧! ”

毛峰很严肃地说:“怎么可能忘得了。你摊在沙发上抠脚放屁都没关系，你在我心里始终都是那个小女孩。老师说，第一名是徐夏，你扎着个红领巾，梳着马尾辫，有点不好意思又有点得意地站起来上去拿卷子的那个样子。”

他说:“因为那一幕爱上你，只是一个开端。后来，你的一切我都觉得好，你做什么我都更加爱你。所以说，忘不了，没法放弃。”

我躺在他怀里抠着指甲，听见自己说: 那你等等我，我努努力，试试也爱上你。

我的声音好像真的回到了小学五年级。

后来聊了半天，我跟他讲我晚上跟张晓婉喝酒聊天的内容，说着说着，毛峰就睡着了。

床头灯还没有关上，他长长的眼睫毛垂在雪白的脸孔上。没有鼾声，只有稳稳的呼吸声。我望着灯下的他，稍微一动，他就转过身来抱紧我。

可是我却突然又想起秦朝。

如果眼前的人换成秦朝，如果是我和秦朝经过了这样深刻的谈话，那么我们的今夜该是多么火辣。

第二天一早我醒来的时候，毛峰已经去上班了。我看到桌子上有他买回来的早饭，QQ的杭州小笼包，还有一杯大米绿豆粥。另外盘子里有一个煎鸡蛋，浇了酱油撒了葱花。

不愧是幼儿园同学，毛峰太懂我最爱的早餐配搭。

我心满意足地吃了早饭得意地想，小妾跑了还剩下大老婆，还好大老婆也一样贤惠。

手里没有活儿，心情又平稳。这一天阴云密布，我拉开窗帘，嫌弃地看着手里的窗帘想：还是张晓婉那厮的窗帘比较好看。

昨天和张晓婉吃饭的时候，我们俩把话说开了。她说她很喜欢毛峰，一度也想过“我该不会是爱上他了吧”这种事，可是仔细想想好像并不是爱。虽然不是爱，她却真心心疼他。很多话毛峰不敢跟我说，却会跟她说。我知道这是张晓婉奇异的功效，总能让人畅所欲言。

在心疼毛峰的同时又理解我，这让她感到很是纠结。“老娘什么时候干过背叛朋友的事，”她说，“一跟你丫聊你丫那点破事儿，我就觉得很对不起毛毛。”

我把屋里收拾了一下，洗了个澡，决心在这么凉快的初秋出去玩一玩，中午去找杨逍吃个饭什么的。

我优哉游哉地走了一个半小时，从家走到杨逍上班的地方跟她吃完午饭，心想自己好歹也是女的，总该买点衣服，就准备去附近的商场逛个街。走到商场楼下的时候，阴云密布的天空开了个小口，有一束相当温暖的阳光射下来。反正周边没人认识我，我抬起头来，把我快要长毛儿的脸晒在小阳光中，这个时候我觉得有一丝晕眩，有个声音响起在我身后：“小五？”

缓缓回过头，看到站在那里的秦朝。我心里在不断地咆哮：“不你妈是吧？”

是，秦朝又不知是何孽缘地站在了我的身后。

我扬起一个笑容：“又这么巧？”

他的笑容仿佛阳光：“我在这附近上班，过来给客户买点东西，你怎么会过来？”

“我朋友也在这附近上班，我没事过来找她吃饭。”

“你不上班？在做什么？”

“咳，不是失业了吗，自己在瞎忙活呢，正好最近没事儿。”

“别站在这儿，咱们找个地方坐坐喝点东西？”

我心里已经骂出了翔。

老子在痛苦中挣扎了二七十四天，你给我来这种屁事没有的脸到底是什么意思。

在数不胜数的咒骂短句之中，我的思维清醒地意识到：不能让丫看出我的异常。或许是我逞能，也或许这种逞能是我给自己找的借口，我欣然同意跟秦朝就近找了个露天茶座坐下来。

我们俩叫了水，点上烟，我又开始给他讲我现在接的那些私活。

“我早就知道你能干，没想到你会这么能干。”

我不好意思地说：“这也算能干啊，我就是个无业游民。”

他笑着说：“那我的婚礼视频你能给我剪吗？”

这句话其实没有刺痛我。只不过他自己一下子不好意思极了。他摆摆手说：“我胡说八道，你别理我。”

我哈哈大笑：“没问题啊，不过我得好好地坑你一笔钱。”

“你好意思给我做，我还不好意思把那些素材发给你呢！你现在自己干活不容易也没什么保障，我会多帮你留意给你找些活来做的。”

我很没正经地打了个千说：“谢谢秦老板！”

“小五，你考虑考虑，攒攒钱开个工作室吧。找专门的人来帮你做具体的事情。”

“还招人呢，有人招我就谢天谢地了。”

秦朝认真地说：“我始终都相信你是很棒的。”

曾经我是你矫情又扭曲的女朋友。在那么丧失理智的岁月里，我做了什么让你觉得我是很棒的？除了折磨你、纠缠你之外，我外貌堪忧，才艺浅薄，而且成绩又那么不明朗。

非常郁闷的是，此刻和秦朝坐在露天茶座上，我却又想起了毛峰，想起丫喜欢上我的理由竟然是我学习好。我擦边地考上南方那所破学校的那一天，毛峰估计因为我的超常发挥更爱我了，想到此处我笑了起来。

“自己笑什么呢？”

“我想起毛峰来了。”我装作好像不经意的样子，“哎对了，我现在跟毛峰在一起了，他特别逗。”

秦朝不笑了，他露出了他吃醋的脸。

高中的时候我们在一起两年，各自吃醋的次数加起来可能超过一百次。他左边眉毛中间一块很奇怪的小肌肉只要一抖动，我就知道他又吃醋了。以前他一露出这个脸我就很害怕，因为他吃醋真的非常恐怖。

我嘬着水笑呵呵地问：“你都快结婚了还不许我找男朋友？只许州官放火不许百姓点灯是不是？”

“你什么时候跟毛峰搞到一起去的？”

我耸耸肩说：“我爸妈前阵子闹离婚的时候我心情很不好，毛峰追我，说他喜欢我十几二十年了。”

秦朝脸色漆黑。他用大拳头砸了一下桌子，骂了一句脏话。他瞪着我问：“咱们俩在一起的时候，他没怎么样？”

“真的没有。”事到如今我何苦要害怕他？干吗说话声音都他妈的发颤啊？

秦朝阴森森地说："我他妈早看出这小子图谋不轨，你还老护着他！"

"我哪知道他早就喜欢我，我跟他那么多年的好朋友了。"

"小五，你怎么能这么对我。"刚才露出来的那一丝丝阳光被密密匝匝的乌云完全赶走，一阵阴风骤起，这是要下大雨的节奏。

毛峰也这么说：小五，你怎么能这么对我。毛峰有资格说这种话，你也有吗？！

我大声说："我这么对你？你知道这个月，或者说这些年我是怎么过的吗？你弄得我这么想你，你却连一个短信都不发给我，你竟然还问我怎么能这么对你！"

秦朝大吼："我难道不是吗？"

我们双双陷入沉默。

一个一个豆大的雨点子砸了下来，我们坐在露天茶座小小的伞下，我们的桌子和手臂很快就被淋湿了。

其他的客人都躲进房间里，这个广场空旷又凄凉，在滂沱的大雨里弱不禁风的小伞下面，就我们俩沉默相对。

"小五，你当时为什么要跟我分手？"他是一个这么自信的人，唯有面对我的时候才会露出这种迷惘和委屈的表情。

我为什么要跟他分手呢？

可能有好多男女朋友天天都在说这句话，可是我们俩从来不提。正是因为从来不提，那条分手短信才变得那么铁板钉钉、言之凿凿。可能也正因如此，秦朝甚至问都没有问一句。他回复得迅速而友好："好的，以后还是朋友。"

"咱们分手吧！""好的，以后还是朋友。"这是两个深爱的人分手的用词吗？这是相亲认识性格不合各有新欢的人才会用的语言不是吗？

然而，所谓的"还是朋友"，却没有只言片语。这算什么"还是朋友"？

他问我当时到底为什么要跟他分手，而我还以为他根本就不好奇这件事，以为他这辈子都不会问出口。

我在雨中点了一支烟，雨声太响，打火机的响声仿佛离我非常远：

"你当时对我超级冷淡，不知道你有没有感觉到。"

秦朝长长地叹了一口气，我觉得他都快要憋死了。

"小五，当时我没敢跟你说，我在准备考雅思争取当交换生。因为要去一年，我怕你闹。当时时间太紧，我每天都在拼命地学英语，而且我当时本来课也很重。我实在是做不到每天都跟你聊那么多。"

我瞠目结舌说不出话。

他说："我知道你是特别坚强独立的姑娘，你自己能过得很好。与其跟你纠缠不休，我更想趁着年轻多奋斗一些，为咱们争取一个更好的未来。我永远都不想看到毕业之后你嫁给我，跟着我吃苦的样子。我不想让你吃苦。”

我生气地说：“对我来说你那种不冷不热的样子才是真正的吃苦，跟着你吃糠咽菜我也乐意你难道不知道吗？”

他说：“那是你小时候的想法，你不会永远那么幼稚的。”

“幼稚？我一点都不觉得自己那个时候幼稚，现在我还是这么想，现在跟着你吃糠咽菜，我也乐意！”

秦朝慈爱的眼神中透露着凄苦：“小五，你还是像个小孩子一样。”

我好像五年前跟他吵架一样恼火。好奇怪，本该是那一年吵的这一架，却莫名其妙地延后到了今天。

这真是斗转星移。暴雨如注，我突然冷静下来：

“秦朝，我跟你说分手，是想让你来哄哄我的。”

他却笑了：“是吗？我以为分手两个字从你嘴里说出来，绝对是认真想过已经决定了的。”

他挠头的姿势简直能让鬼神垂泪：“我以为我再说什么都没有用了，只好放你走。

“你一直都有什么说什么。连我表姐你都吃醋然后跟我直说，我怎么都没想到你会说分手让我来哄你。”他长叹一口气，“我和你怎么会走到这一步？”

如果我没有发那条短信会怎么样？

如果当时的我懂事一点，再忍耐一下，或者是直接质问他到底为什么会这样，或者，哪怕我是在电话里跟他说这件事。或者，收到“以后还是朋友”的短信之后，能大大方方地回他一句：就这样？你丫都不来哄哄我吗？

如果在分手后的这些年，哪怕有一次，我放任自己打电话给他哭诉一下自己的想念。晚一点也好，只要赶在这个要成为他妻子的女孩出现之前。

现在会怎么样？我一定会是秦朝幸福的新娘。

和秦朝在一起的那两年，我好像把我这辈子没自尊的额度都用光了。我撒泼耍赖要他陪我，恬不知耻不许他跟他表姐见面。分手之前，他连续两天没有给我一条短信一个电话，我终于受够了。我发誓再也不要求他来理睬我。再也不要恳求任何男人的关注。

再来一次，应该还是如此，我注定当不了他的新娘，因为坐在暴雨里的这一刻我多么想求他，跟那个莫名其妙蹦出来的女人分手吧，你还没有结婚我们明明还有机会，我还是这么爱你，我们重新开始。

可是因为没自尊的额度已用完，我说不出口，永远也不可能说出口。

秦朝，你为什么不来恳求我呢？

如果你恳求我离开毛峰嫁给你，我会装作勉为其难给你一个机会。

所谓人心隔肚皮。不隔着这层肉又能怎样，秦朝你就算挖出我的心，又岂能读得懂我现在的想法。

正如我就算挖出他的心，也看不懂现在的他在想什么，或许当年我们即便那么相爱，互相也都是不懂的。

我又想起了毛峰。

好像一个扒了塑料包装的矿泉水瓶子一样立在我面前，透明得一目了然，单纯得没有味道。

秦朝轻声说："小五，雨停了，我送你去车站吧。"

去车站的路上我问他，怎么没听他说起过后来去交换留学的事。

他苦笑："交换个屁，分手之后我一天到晚喝酒，学业基本上都荒废了。"

"……后来呢？"

"后来？我靠顽强的生命力重新振作起来了呗。"

走到公交车站，秦朝说："那小五，咱们说好还是朋友的对不对？"

我顽皮地说："是朋友但不是炮友哟！"

他无奈地说："是朋友就好，保持联系！"

这件事情我完完全全地向毛峰隐瞒了下来，同时对张晓婉也无颜启齿。我在感叹自己道德沦丧的同时，也在给自己找借口，只是朋友罢了，又没有做什么，说不说是我的自由。

可是我后来又跟杨逍吃饭，却原原本本讲给了她听。

她擎着那张冷血白领儿的脸，拿筷子潇洒地指了下我麻利地说："要出轨。"

我气急败坏地骂她胡说八道和妄想成性，并且向她深刻地分析了我的立场，她用筷子指了下我麻利地重复：“要出轨。”

我用牙齿撕扯着劲道的蒸排骨愤恨地说：“你等着。我绝对不会出轨，老子就让你看看前男友和前女友也有纯洁的友谊。”

我简直就是个说相声的，理不歪笑不来。杨逍笑得前仰后合，实在是气煞我也。

这个城市确实非常的大。当然我越来越频繁地来找杨逍吃饭绝对不是因为秦朝也在这附近上班，但是我确实再也没有偶遇他，即便我在那个商场转个不停，还无良地买了好几双鞋。

就这样百感交集、游手好闲地度过了婚庆的淡季，秋高气爽的季节到来，要结婚的人又多了起来，我又接了几个活。忙得开心的情况下秦朝什么的也就可以暂时抛诸脑后。

按理说和毛峰在一起日子过得算是很不错的。

我每天睡到快中午，起来吃毛峰留给我的早饭，拼死拼活地干一天活，毛峰晚上回来给我做晚饭，我们俩看一会儿电视作为我的休息，然后我继续工作，毛峰睡前再给我弄碗面什么的当消夜就酣然入梦。我在他枕边的桌子那里工作，有一天两点多，不小心扯掉了耳机，震耳欲聋的架子鼓的声音响彻云霄。

睡梦中的毛峰娇喘道："啊！吓死我了……"连着一大串听不清的唠唠叨叨，咂巴着小嘴儿继续睡得香甜，我捂着嘴巴笑得停不下来。

就在我忙得连轴转好几个活都快赶不上交工了的时候，卓俊君突然又给我打电话，约我喝茶。我说等我忙完这几天行不行，她说："求求你了嘛人家心情好糟糕。"

按理说我能接到这些活都是拜她老人家所赐，俗话说吃水不忘挖井人，过河拆桥不是人，于是只好放下工作准备出门。

每次和卓俊君见面，我都拼了毕生的臭美之心来精心打扮。我穿了条牛仔短裤，套了件很宽松的灰色毛衣，垂下手就像没穿裤子一样盖住短裤。脚蹬一双底子薄得像卫生纸一样的尖头船鞋，又为了显示出"很不经意"的感觉，把长头发稍微抓乱，随意一梳。短裤配毛衣，这种跟智商不够用一样的搭配别提多名媛休闲风了。

其实我原本在家的装束是这样的：身裹我姥姥的棕色织花儿开衫儿大毛衣，腿上穿着一条毛峰的开裆秋裤，光着脚，一只脚穿着洗澡的塑胶拖鞋，一只脚穿着棉拖鞋。头发尽可能靠近额头地扎了个烂包儿，为的是把刘海也弄进去。素颜朝天戴着厚厚的眼镜，眼睛小得都快看不见了。

又约在那家咖啡屋，她这回倒是早早就等在那里。我巧笑嫣然说："你看我蓬头垢面就出来了，真不好意思。"话说我要是不要脸起来真是比起任何婊子都不逊色。

她噘起厚嘴唇说："讨厌，好羡慕你的腿，又细又长！"

她已经帮我买了美式咖啡，亲热地说："我知道你不爱喝甜的，叫他们什么都不加。"然后又再次噘起嘴说："咱们都好久没见了，想死你了呢！"

阿姨，你有点过分了吧……

我只好说："我也想你，可是好忙哦，都抽不出空闲。"

卓俊君跟我闲扯了一会儿最近哪个名品折扣店又进了好货，口称要带我去买几个便宜的Gucci之后，终于进入"人家心情好糟"的正题：

"小五，徐老师最近对我好冷淡哦。"

徐老师？！我半天没反应过来，最后才想起徐老师就是那终生所为都和"老师"挂不上钩的我爸。

我说不会吧，这句话倒是表里如一，我从来没见过我爸冷淡的样子。

她脸上露出实实在在的愁容，说："是真的。每次我说要见面，他都说忙，给他打电话他经常不接。后来我着急，就骗他说我生病了，好不容易把他骗到我家来，他居然跟我发了好大的脾气。我都开始怀疑他是不是真的爱过我了。"

我一后脑勺巨汗，阿姨，你真好意思跟姘头的女儿聊"他是不是真的爱过我"这种话题啊。

我耐下性子说："你别乱想，我爸最不喜欢人家用生病之类的事骗他了，因为他真的会着急。而且，他说忙肯定是真的在忙，因为他这个人不会说谎的。”

卓俊君的脸露出一丝喜悦，有时候看她的样子实在是很天真：“真的吗？”

她玩弄着手里的咖啡杯子说：“上次吃饭之后，我有点生气，觉得徐老师心里还有前妻。不过我觉得，如果他心里还有前妻，是不会和我在一起的，他不会骗我的。”

我装作惊讶地说：“你怎么会这么想？”

她做了个五岁小朋友才会做的表情说：“因为我觉得你妈妈好漂亮，而且好优雅哦。我觉得自己好像比不上她。”

我压抑着内心的“这不是废话吗”的呐喊说：“你也很漂亮呀！”

丫又再次一脸惊喜：“小五，你这么说我好高兴哦！我以前谈恋爱从来没有这些苦恼，都是男朋友哄着我求着我的，我也从来没有不自信过。可是现在这些心事我都没有别人可以讲，我其他的姐妹都只会跟我聊些衣服包包之类的东西。”

她眼睛里闪烁着崇拜的光芒说：“你造（知道）吗，只有你这么聪明，会陪我聊天。”

我不造我不造，我什么都不造。

她说：“可是徐老师生气都不理我了，我现在怎么办嘛，你帮我想想办法嘛！”

我说：“不然这样吧，找一天咱们一起吃个饭，咱们俩做饭，在我爸那儿吃，把话聊开了就好了。”

她说：“可是我不会做饭呀！”

我说：“我会呀，你就在旁边装作帮我的样子就好啦，我爸肯定觉得你为他学会了做饭，会很开心的！”

卓俊君喜上眉梢：“你果然好聪明哦，太好了！那……等你忙完这两天，咱们就一起吃饭哦！”

我当然不是为了缓解他俩的关系，只不过我很好奇我爹和卓俊君相处的方式。卓俊君是我爸活到这么大的第二个女人，他以前总挂在嘴上“我这辈子只有一个媳妇真是太吃亏了”之类的话，竟然舍得对蜜糖一样的年轻的卓俊君发火？这到底是何缘故，待我一探究竟。

一周之后我总算交清了手里的活儿，就打电话给我爸，说我晚上去他那儿吃饭，叫着“卓阿姨”一起。

我爸嘟囔说，来吃饭就来吃饭吧，干吗还刻意叫着她。

本来我想早点去他那儿，好赶在卓俊君来之前跟他聊聊，结果卓俊君非要跟我约好个时间一起过去。我心想你丫是有多㞞啊，不敢独自面对你徐老师吗？

我穿了条黑色的长裙，搭配了一双细带子黑色凉鞋，手腕上戴了一个细细的金色手镯。要是老跟卓俊君见面，我就没衣服穿了。

见了面我们俩先去买菜，为了彰显品位，我们去了我爸家附近的一个看上去很高档，菜贵得跟脑子有病一样的超市。

我优雅地推着购物车，不断把包扎得严严实实的二十一元的白萝卜、十七元的娃娃菜、四十八元的十根鸡翅等不合逻辑的食材放进去。卓俊君在一边看着我熟练地选蔬菜，显得非常崇拜。她娇声尖叫着说：“你怎么能认识这么多绿色的菜嘛，你看这一种和这一种，根本就没区别嘛！”

我强忍着翻白眼的冲动，简直无力吐槽香芹和韭菜长得就跟姚明和黄晓明的区别一样大，朝她甜甜地一笑说：“没关系啦，你不会烧菜我爸爸也喜欢你呀。”

我说：“我们做一个烧鸡翅、一个炖豆腐、一个炒香芹，再煮个牛肉羹当作汤就好了，好不好？”

丫又尖叫说：“小五你怎么会烧那么多种菜哦！”

我们俩提着菜到了我爸家里，我爸还没下班。徐小国摇着尾巴撒着欢朝我扑过来，我们俩就像久别重逢的亲人一样拥抱在一起。我看到卓俊君默默地躲远了一米，涂了漂亮指甲油的爪子害怕地支棱在胸前。

我说：“你不喜欢小狗呀？”

她所答非所问地尖叫：“呀！它在舔你呀！”

放下徐小国，我先把鸡翅腌上，简单帮我爸打扫了一下房间（房间里不是很脏乱，说明卓俊君找的小时工还比较靠谱），然后就开始做菜。这期间卓俊君一直在我耳边尖叫，一会儿咋呼我好能干，一会儿咋呼油溅出来了，刀子要切到手了。我在百般的阻挠之下总算是做好了饭（拜她所赐真的切到了一下手），正要往桌上端的时候我爸开门回来了。

卓俊君像一只蝴蝶一样飞出去，拉着我爸说："你回来啦！香不香？我们菜都做好了哦！"

我爸没理她，伸着头喊："小五！"

我端着菜应声出来说："准备吃饭吧。"

我爸搓着手说："哎呀，好久没闻见这么香的味道了，我闺女做菜跟你妈做得一样香啊！"

我笑容满面地想：爸你果然还是一样二百五不懂得照顾别人的感受。我回头看卓俊君的时候她正好调整好自己的表情，扑上来挽住我爸的胳膊说："我也有帮忙哦！"

我爸心情不错，好像不再生她的气。我最了解他，他这个人再怎么生气也是伸手不打笑脸人，嬉皮笑脸地迎上来他立马就不气了。他笑着说："你帮忙？恐怕是帮倒忙吧？"

卓俊君噘嘴撒娇说："什么嘛，最香的那个鸡翅是我做的呢！"

说着她对我使了个眼色，我一边说"对呀对呀"一边心里暗笑卓俊君的傻×。这个红烧鸡完完全全是我尽得我妈的真传，色香味俱全根本就是我妈做的翻版。同时这也是我爸最爱吃的一个菜，每周都要吃一次，他一公里之外就能闻出来，然后伸着舌头跑过来抢。

我把手里的压轴大菜往桌子上重重一摆，宣布道："爱心鸡翅上桌，开饭！"

他们俩都吃得非常开心，作为一个厨子看到这一幕想必是人生最开心的事。我爸说：“小五，你老爸多少年吃不上这么多好吃的了，你不觉得我很可怜吗？”

我笑说：“我这不是忙吗，以后不忙我经常过来做饭就是了。你别老在外头吃，不干净。”

卓俊君说：“干吗麻烦小五，我也可以给你做呀！这些菜我都学会了！”

我爸说：“小五你现在还是忙那些乱七八糟的杂活？”

我说什么叫乱七八糟的杂活，很赚的好不好。说着我甜甜地摸了下卓俊君的手说：“这是我的财神爷！”

我爸说：“你还是找个正经工作吧，现在这叫自由职业，不稳当，属于吃了上顿没下顿。”

卓俊君连忙附和说：“我也老劝小五去我姐妹的婚庆公司上班，小五长得漂亮人又聪明，一定能早早嫁个如意郎君的嘛。”

我爸脸色有一点阴沉，顿了一下问我：“你跟毛峰还好着呢？”

我嚼着一大口芹菜说：“好着呢，毛峰这小孩儿挺好的。”

我爸说：“你一个人住，女孩子家一定要懂得保护自己。”

“懂得保护自己？爸你太幽默了！”我哈哈笑着说，“你就放心吧，这点事儿都处理不好怎么当你的闺女。”

卓俊君估计是觉得我爸不喜欢毛峰，就问：“那个小男孩能赚多少钱呀？”

我天真地说：“赚不了多少，他一个做软件开发的能赚多少钱？”

“哎呀，我看他那个样子能看得出来，而且我觉得，”卓俊君拉住我的手大声地说悄悄话，“他有点懦弱。”

我忍俊不禁，脑海里浮现出毛峰忽闪着长长的眼睫毛快要哭出来的样子。

卓俊君不依不饶地说：“我认识好多有钱又有男人味的男生，找一天一起出来玩呀！”

这番话说得我爸脸色更加阴沉。卓俊君不知道，我爸最讨厌女孩子追求物质追求得这么明显，好像非富不嫁。第二，他人虽然疯疯癫癫很是活泼，但是对于男女关系一事却讳莫如深，极其保守。正因为他在男女关系上的正直和保守，这些年来他才会那么大大方方地在家里夸耀别的女青年貌美如花、腰肢婀娜，认为我妈绝对不可能生气，因为他觉得自己“怎么可能干那种流氓的事儿”。

如今卓俊君口称“找有钱”还“有男人味”的男生“一起出来玩”，我猜我爸脑海里早已浮现出我暗自垂泪地被一帮有钱的富二代流氓男性抱在怀里劝酒的场景。

因此当卓俊君深情地补充说“有男人味的男人最有魅力”并朝我爸递了个好明显的眼神的时候，我爸厌烦地挥了挥手。

我爸担忧地说：“你说你一个人住在外面多不安全，房租又那么贵。小五，当时你说你公司远，我和你妈妈才同意你租房子的，现在你反正也辞职了，干吗不搬到我这儿来？”

卓俊君大惊失色，不料有此变故，脱口而出：“那我怎么办？”

我爸厉声说：“什么叫你怎么办？”

卓俊君立刻摆出好委屈的表情说：“人家还想跟你过二人世界呢！”

显然我爸脾气被她激起来了，他吼道：“小五一个女孩子辛辛苦苦地住在外头，我在劝她搬过来的时候你竟然在想这种没用的事儿！”

他声音巨大，我赶紧观察卓俊君的脸，这一下吼得她泪盈于睫。

当我爸因为什么事情发火的时候，要迅雷不及掩耳地打岔过去。如果还接着这件事说完全是找死，可惜卓俊君不谙其道，她也叫唤起来：“我想跟你好好相处有什么错？”

我猜她可能觉得她泪珠儿晶莹的样子很惹人疼爱，殊不知我爸非常讨厌女人莫名其妙地哭。他有一个姿色出众的助理因为被他骂，在办公室哭起来，哭得是梨花带雨闻者心疼，于是他当场就继续痛骂一直骂到她不敢再哭为止。从小我便熟知我爸的秉性，挨骂的时候掉眼泪，呵呵，那落下的不是晶莹的泪珠儿，而是落在火上的油珠子。

我爸暴风雨前奏般地低下了头。

我若是稍微厚道一点，就应该赶紧拉着卓俊君闪开，可惜这场戏太精彩，我不舍得打断她。她说：“你为什么不说话呀？我们都那么久没有见过面了，你有考虑过我的感受吗？”

她哭得相当委屈，我猜如果换个别的男人早就很心软了，可惜她“一直梦想的男人”不是别人是我爸。

我爸还是低着头一言不发，卓俊君还不依不饶地说：“人家想你嘛，你为什么不让我住在你家里啊？我也是一个女孩子，我也自己在外面住呀！”

这就有点过分了，当着人家的闺女撒娇就已经够无脑，现在竟然还争宠，我爸肯定觉得相当没面子。

我爸非常果断地砸了一个杯子，同时大吼：“你有完没完？！”

与此同时卓俊君高声尖叫起来。

本来我爸就是大嗓门，卓俊君也不甘示弱，杯子又清脆，我感到耳膜即将破裂。这个时候我还端坐在一边看好戏未免太明显了，于是弱弱地端起我吃完饭的碗躲进了厨房，徐小国也哆里哆嗦很识时务地跟着我钻了进去。我关上门，怀抱徐小国支起耳朵听着外头的动静。

我听到卓俊君尖叫道：“你竟然对我砸东西？”

我爸说：“你再胡闹就滚出去！”

卓俊君仿佛在用同一句式造句一样地说：“你竟然让我滚？”

我爸应该非常无奈，他没出声音。但是卓俊君补充说：“你真的让我滚？”我猜他可能是伸出一个手指头指着大门。

这还比较令我惊奇。我爸发脾气一般是不会要求对方滚的。我在青春期脾气很倔强的时候常常跟他吵架，不管他多么暴跳如雷，都一定要把道理跟我掰扯清楚。我有一次气得想冲出家门，被他大力拦住。后来我妈跟我说，她年轻的时候也常常跟我爸吵架。我爸是一定要把事情吵完整才能罢休的。

我想明白了，因为我和我妈是他真心在乎的人，他不会让我们滚蛋。因为他对我们发火的目的是把他的道理讲明白，永远不是为了真正让我们滚出他的视线。

想到此处我实在不由得有点感动。

外面卓俊君已然崩溃，想必她从来没受过这种委屈，之前想要装出来的贤惠懂事早就抛诸脑后。她歇斯底里道：“我对你这么好，我卓俊君从来没对谁这么好过！我又帮你请小时工，又疼你的女儿。”她好像突然想起来地补充道：“我还给你烧菜！这个世界上只有你吃过我烧的菜！”

我听见我爸很鲜明地冷笑了一声。

卓俊君叫道：“你笑什么？徐建国，你太过分了，你根本就还跟前妻藕断丝连！那天吃饭我就看出来了，别以为我不知道！”

我无声地大笑三声，我爸竟然把她逼到这个地步。

我爸的声音冷酷地响起：“既然你这么说，那我告诉你。

你永远都比不上她，你想都别想！”

沉默了大约五秒钟之后我听见卓俊君发出牲畜般的嘶吼并传来各种器皿砸烂的声音。

我拍拍徐小国的脑袋吩咐它藏好：“这个女人不喜欢你，你可别出去冒险。”然后就拉开门冲进战场，我爸正在对着卓俊君嚷嚷让她要闹滚出去闹，我跳着躲开一地的瓷碗碎片，还要小心被菜汤滑倒并最终拉住了卓俊君的手。

卓俊君趴在我的肩头哭得是肝肠寸断，我一边拍她一边心里有点纳闷，按理说刚被扔了“你永远都比不上她”这种话之后骤然看到对方的闺女应该是心怀仇恨菜刀相向才是，她竟然娇柔地扑在我怀里哭泣，这是一种什么样的行事逻辑？

我对我爸使了个眼色，口称：“爸，你太过分了！”并且安慰卓俊君说：“别哭了别哭了，没事没事，走，咱们去洗洗脸。”

我扶着洗完脸的卓俊君出来，经她指挥，把她安置在我爸的床上躺好，她哭得浑身无力直打嗝，话是根本说不顺了。

说实在的，我有点心疼她。不只是因为她刚才这一场胡闹，其实放在哪个正常的女孩子身上都能理解，也因为她竟然这样真心地信任我。可是我眼睁睁看着她把我爸惹毛，基本上惹得不可挽回，还在一边高高兴兴地看好戏。

像个小动物一样蜷缩在床上的卓俊君打着嗝说：“小五，他怎么会是这个样子？”

她娇艳的妆容完全花掉，浓黑的眼线和睫毛膏全部贴在了眼睛下面，红唇也是残败不堪。一大片一大片的泪痕冲掉了精致的粉底，露出长了浅浅的褐色斑点的裸肌。她长长的卷发黏在湿乎乎的脸上，倒显得她更加孩子气。

我说："他脾气就是这样，咱们不理他。"

卓俊君抽泣个不停。

我想了想，问她："你还喜欢他吗？"

卓俊君想了一会儿，用微小的声音说："我以为比我大这么多岁的男人，永远都会忍让我、疼惜我，绝对不会对我生气。"

她用力吸了一下鼻涕，又把吸到嗓子里的鼻涕咽下去，艰难地继续说："以前我爸爸就是那么疼我的。他脾气可大了，对谁都很凶，唯独对我不凶。他经常叫我是他的小公主，不管从哪里出差回来，都会带给我一个娃娃。"

她新一波剧烈的哭泣袭来，哭得蜷缩起来。她说："我爸爸在我十五岁那一年走了，我恨死他了。他怎么可以扔下我走了呢？"

卓俊君比我大将近十岁。可是她给人的感觉上却那么小，看似骄纵不堪，实则天真烂漫。

我有一个理论——被爸爸捧在手心里长大的女孩儿，会成为女人中的女人。她们会对全世界的男人撒娇，在每个男人面前表现出少女的天真。她们从来到世界上就被男人疼爱，因此对所有男人都没有戒心，就像被人养大的鸽子信任所有人，最容易被隔壁的人类捉去吃了是一个道理。

卓俊君狠狠地哭了一阵子。她紧紧握着我的手，暖暖的眼泪不断淋在我的手上。我始终没有抽出手来，认真地陪着她哭。

稍微平静之后，她躺在那儿扬起头来，向上转了转黑白分明的大眼仁儿，深吸了一口气说："我爱上徐老师，是因为第一次见面，我就觉得他长得像我爸爸。不但如此，他抽烟时候的手势跟我爸爸一模一样。"

说到这里，她露出了一个惨然的微笑说："不知道你注意了没有，你爸爸夹着烟的时候，是用食指和中指的根部，握着手夹住烟。我爸爸总是左手夹着烟，右手摸我的头发。从那一刻我就爱上他了。他又那么幽默，谈笑风生，那么自信。我好爱他，心想不管怎么样都要跟他在一起。"

她又惨然一笑说："每次跟他见面，我都好仔细好仔细地化妆，尽量把我最漂亮的一面给他看。你知道吗，每次和他见面之前，我都要挑选好久的衣服，还要把头发仔细电起来。"

我温柔地说："这样子其实不适合你的。"

她抽噎着说："但是我从来没想过，跟自己真心爱的人在一起会这么辛苦。从来没有一个男人，让我这么小心翼翼看他的脸色。他说话从来都不关心我会怎么想，也不在乎我会不会觉得丢脸。我知道他离了婚，却不知道他以前的太太那么温柔漂亮。那天晚上，我看他看着她的眼神，瞎子才看不出来有多温柔呢。他从来没那么看过我。他们两个虽然没有坐在一起，却总像是有种什么东西把他们连在一起似的。

“那天晚上，你不知道我心里有多痛，我心痛得快要死掉了。我有好几次都觉得，他根本不爱我，从来没有爱过我。可是我想，再这样想下去我就没办法活下去了，只好苦苦地劝自己，不会的，他是个好人，他没有玩弄我。他没有跟前妻藕断丝连，绝对不会。

“我强撑着笑，你知道吗，我从来没有逼着自己这么笑过。可是为了他，我好像一点自尊心都没有了似的。”

她沉默了好一会儿，没有说话也没有抽噎，只是眼泪一堆一堆地涌出来。

然后说：“你问我还爱不爱他，我爱他这么久，已经来不及了。”

就像毛峰一样。他因为我学习好爱上我。有朝一日我学习烂透了，可是他爱我那么久，已经来不及了。

卓俊君不再说话了。她闭上了眼睛。

走出房门，我爸垂头丧气地坐在沙发上，小国正战战兢兢地舔着地上的鸡汤。

我快速地打扫了一下现场，还插科打诨道：“真可惜了这些个鸡汤了，本来明天早晨还能煮碗面条的。”

我爸说："你别管了，一会儿我来收拾。"

我说："爸，咱们俩出去遛个狗吧。"

小国虽然舔了鸡汤，可还是惊魂未定，它走在小路上的姿态明显没有平时那么轻快。

我爸说："真是让你看笑话了。"

他突然抬起头来大声说："少去你妈那儿当传话筒！"

我摆摆手说："我徐小五是那种人吗？"

我说："爸，你对卓阿姨到底是什么看法啊？"

他叹了口气说："小孩子别管大人的事。"

我说："算了吧，爸，你除了我还有谁能聊天啊，你还把我当小孩子呢，别逗了！"

我们俩在小区里找了个长椅坐下来，我给我爸点了根烟。

他说："其实当时跟她处对象，都是你那些没正经的叔叔撺掇的。尤其是你何叔叔，一个劲夸她，说她长得漂亮人可爱，又这么年轻。说我放着老来福不享，实在是太傻。我呢，刚跟你妈离婚，又不可能复婚了，就心想为什么不能跟她处对象？"

他又叹了口气，说："小五，我跟你妈妈离婚那天，我们俩去了一个小馆子吃饭。那个小馆子是我跟你妈第一次吃饭的地方，当时还要用粮票呢。饭馆当然早就不是当年的饭馆了，可是路还是当年的那条路。

“你妈妈嘱咐了我好多话，后来我们就聊起了年轻时候的事儿，说起我当年追求她的时候，每天都送她回宿舍，死缠烂打的，风雨无阻。

“你妈妈跟我说，当时被我感动了，不过后来想起来，可能从当时开始就是个错误。

“我问她，这些年你跟着我，真的过得那么不好吗？

“她说，也不是就那么不好，很多时候还是很开心的。

“我也是赌气。小五，这些年我对你妈妈可能算不上好，可是我是尽可能想对她好的。好多话我说得不好听，其实是为了逗她高兴，虽然是弄巧成拙，可是我徐建国心眼是好的，谁能说我是个坏人？

“我心想，我也还没埋到土里，我还有十几年才退休呢，换一个女人还能继续好好过。这不是就随便找了个对象。”

我闷闷地说：“卓阿姨真的很喜欢你。”

我爸又跟公鸡一样昂起头说：“早跟你说你爸爸是很有魅力的，你还笑话我。”

我笑说：“是是是，今天我可真服了。你这火发得这么吓人，我问她还喜不喜欢你，她竟然还喜欢你。”

我爸说：“我真弄不懂她这个人，简直是无理取闹！你说是不是，这么大岁数了还弄什么二人世界。我听见她那腔调就起急。”

我说："这么大岁数的人是你，人家岁数又不大，想浪漫浪漫有什么可无理取闹的？我住到你这儿来，她还怎么浪漫啊，当然不高兴了。"

我爸梗着脖子说："你还帮她说话？这人这么分不清轻重缓急，简直就是瞎胡闹！"

我说："我不是帮着她说话，普天下的女孩子都是这样的。"

他说："你妈就不会这样。"

说完他就沉默起来。我想说，我妈并非不是这样，我妈心里跟普天之下每一个女孩子都是一样的。只是我妈太了解你，太习惯于忍让你。她只做你看了高兴的事，你自然受用无穷。

可是现在再说这些有什么用呢？现在早已不是我还能教育教育我爸，把他们俩劝和起来的时候了。

我逗他："爸，你觉得卓阿姨好不好看啊到底？"

我爸嚷嚷道："看人不能看皮囊，你爸爸不是那么肤浅的人！"

接着他又补充说："以前觉得挺好看的，长得鼻子是鼻子眼是眼，后来看她咧着嘴撒娇，脸上的褶子比你妈还多，真奇了怪了。"

我问他下一步怎么打算，他说："她是有缺点，可是其实人不坏。"

这倒是实话。我拍拍他的肩，拜托他对卓阿姨好一点，别这么大岁数又欠笔情债。

这天晚上，我和卓俊君都住在我爸这里，我还睡我的房间，我爸睡沙发。我闹他让他回屋睡，他面红耳赤地掐了我的脸。

第二天我一大早起来做早饭，像田螺姑娘毛峰一样，把做好的早饭在桌子上摆好，蹑手蹑脚地离开。

七

后来我手里的活虽然不断，但也没有那么多了的时候，毛岩松打电话找我出来小聚，我感到由衷的开心。他那么聪明，见多识广，说话妙趣横生，而且最重要的是，他很懂得尊重别人。我有一次跟他聊起我做婚礼视频的时候认识的一个新郎，此人长得一副屌丝相，既不高大也不强壮，却不知哪里来的自信，把他的新娘鄙视得一钱不值。他当着我的面拍着新娘的脸说："你说你是几世修来的福气啊，啥都不会干，光跟着我享清福。"新娘很朴素，微微地苦笑着没说话。

跟他们沟通视频细节的时候，他同样表现出对我的蔑视。他问我一个月能赚多少钱，我说这个我不方便透露。他仿佛听到我月收入一百五十块一样高兴极了，说："你们看看，女人啊，总是要嫁人生娃，不然一天也活不下去。"

我不知道这个男人能赚多少钱，我也不想问。只是最后聊到价格的时候，我说你要的这种效果的片子，五万不能再少了。

他立刻就恼羞成怒，说我弄个五分钟的破玩意，一分钟一万，完全是抢劫。我笑得好温婉，告诉他这个就是我这边的报价，他选择了这家婚庆公司，其他方面的花费也会是差不多的水准，先生要是承担不了，还是算了吧。

他大叫说："老子不是花不起这个钱，你他妈根本不配！"

他连续不断地骂了很多难听的话，他的新娘试图拉他，被他狠狠地甩开。

我给毛岩松讲这件事的时候义愤填膺，讲完觉得自己有点反应过度。他估计要教育我一个真正有涵养有深度的人不会跟这样的人斤斤计较等，可是毛岩松说："小五，你脾气太好。换了我，我就跟他说，本姑娘工作一个星期，收入赶上你一年，您哪，撒泡尿照照再说吧！您媳妇跟了您真是倒了八辈子霉了！"

于是我哈哈大笑着，两个人拿这个傻 × 调侃了半天。

他就是这么个人，从不倚老卖老胡乱说教，总让人觉得毫无压力。

我很少听毛峰聊起毛岩松。有一次兴起，我就逗他，让他给我讲讲他爸爸的事儿，我说怎么说以后也是我的后爹，大家一家人嘛。

毛峰说他没什么好讲的。

"我跟我爸很少说话。"他说。

我说："不至于吧，我觉得他脾气不错，对我妈又那么好。"

毛峰说："他脾气是不错，对你妈——对咱妈也确实好，可是我们俩也确实很少说话。"

他说小时候的事他记得不多了，只有一件事印象特别深。他五岁的时候，上幼儿园中班，有一次被一伙二百五欺负，他们说他没娘，他本来又长得白白小小的很好欺负的样子。他号啕大哭着跟人家掐架，最后被打破了脑袋，老师陪着他等毛岩松来接他。毛岩松下了班过来了，谢过了老师，拉着毛峰的手回家了。回到家，做饭，吃饭，看书，睡觉。什么都没说，既没问他为什么被小朋友打，也没安慰他受伤的心灵。

毛峰说："从那以后我就真的很少跟我爸说事儿了。他从来不告诉我他在外面做了什么，我也从来不跟他分享我的生活。"

后来我跟毛岩松聊起这件事。他叹了口气说他记得：

"我怎么会不知道他为什么挨打？可是我又能跟他说什么呢？"

我不由觉得世事真是很难分析缘由。他坐在路边小小破破的川菜馆子里，对着一个莫名其妙的姑娘把盏言欢，表露心声，面对这个世界上他最亲的儿子却不知道说什么好。

这一天我如约跟毛岩松在小饭店里碰面，一样是点了几个家常菜，又点了一瓶小二锅头，天南地北聊得很是高兴。聊到九点多钟，我们照常结账撤离，一块儿散散步。

走到每次我们挥手拜拜的路口，毛岩松神色尴尬地说："小五，其实我是想跟你说，我想跟你妈妈结婚了。"

我保持原状试图消化一下他这句话，一分钟之后发现力所不能及，便果断提出再一块儿走一个路口。

我问他跟我妈提了没有，他说提了，你妈妈也同意。

我张了张嘴却不知道说什么才好。

他说："我想你妈妈答应了我，本身只是希望有个老来伴儿，可是我对她的感情你是清楚的。我和你妈妈其实也只是像我和你这样，吃吃饭说说话。在我看来，这辈子即使没法娶她也可以感恩了。可是在单位老人的眼里，我们总是有了恋爱关系。"毛岩松可能觉得"恋爱关系"四个字用在他和我妈身上有点不伦不类，于是就尴尬地抓了抓头发："我总要给她一个交代。"

我说："毛叔叔你别这么想。你是个特别好的人，我爸和我妈离婚之前，她跟我说过她对你的感觉。"

说到此处我又不知道如何下嘴了，好在毛岩松善解人意，只默默地在我身边走，安静地等着我说下去。

可是我怎么说呢？我妈那个时候觉得疲倦又烦躁，她受够了跟我爸这种没完没了在忍耐的生活，你就像一缕春风吹进她心间，因为不能跟你继续你们所谓的友谊，她的眼神那么落寞，她因为你燃起了青春的光芒，一瞬间就因为离开你而黯淡了——说这些不是冲我爸的膝盖开枪吗？

哎，幸好毛岩松什么都懂。我说："我也不能说得太明白，就跟说我爸坏话似的，总之呢，我妈心里是很喜欢你的。"

他仿佛无须我再多说一个字，就扬起了非常和蔼的笑容说：“是吗？那真是太好了。”

我无精打采地说：“从我妈的角度来讲，其实我特别希望你们俩能好好地在一起，别搞什么革命友谊、纯洁的男女关系那一套，就是郎才女貌，举案齐眉，人人称羡。可是从自私的角度来说，其实我还一直怀着一丝小心愿，希望我爸和我妈能复婚。一来呢，我爸对我妈感情也很深，我确实心疼他。二来呢，若说他们俩当初在一起就是个错误，那我徐小五的存在岂非也成了个错误。”

毛岩松爽朗地呵呵笑道：“你存在可不是个错误，没有你这个小机灵鬼儿，我找谁喝二锅头去。”

他伸出一根手指头摇了摇说：“我对老徐印象不错，但是回头我跟你妈妈结婚了，他再打主意可就是他的不对喽！”

跟毛岩松分别之后我给张晓婉打了个电话，张晓婉估计也跟我一样喜忧参半，半天没说出来话。我带着哭腔说：“我以后铁板钉钉是单亲家庭的孩子了！”

这天晚上我做了个梦，梦见我放学回到家。回的是我初中搬家之前的那个家，厨房里贴满白色的大方瓷砖，横陈着各种自来水煤气管道，地板还是水泥的，被我妈日复一日擦得光可鉴人。

我自己背着个小书包，穿着双高跟鞋回到家里，进了门就嗷嗷地喊饿。

厨房里传来沁人心脾的香味，我妈在里头喊：“洗洗手过来拿碗筷！”

我爸躺在沙发上看电视，冲我喊：“死丫头回来啦？”

我蹦蹦跳跳地过去跟他挤在一起，从铺着蕾丝花样儿塑料布的茶几上拿了一个大苹果，一边啃，一边跟他闲扯。

我妈把最后一个菜端上桌，在围裙上擦着手，过来喊我们俩：“吃饭了！洗手拿筷子吃饭喽！”

我和我爸一起高高兴兴地、喜上眉梢地爬起来坐在饭桌旁边，好像两只嗷嗷待哺的小喜鹊。

我妈做了清蒸鱼、烧茄子、西红柿炒鸡蛋，每人碗里都有白白的、闪闪发光的、热气腾腾的米饭。

夹起一筷子鲜汤四溢的清蒸鱼，眼见着就要吃到嘴里的时候，我醒来了。

我背对着毛峰暗暗地哭着，他却好像梦中有知，迷迷糊糊地过来抱住我，口齿不清地问我怎么哭了。

我翻过身来钻进他的怀里，毛峰消瘦的怀抱暖暖的，硬邦邦的。我说：“梦见好吃的没吃着，饿。”

他半梦半醒间傻乐着亲了下我的头发说：“真是个吃货。”

我就这样哭到了凌晨。

第二天毛峰下班回家的时候气急败坏，扔下包就喊：“你猜怎么着，我爸跟你妈——跟咱妈要结婚了！”

我说哦，想想不对又赶紧装出惊讶的样子说：“真的假的？！”

毛峰蹬着腿儿扑过来说：“怎么办啊徐夏！他们俩结婚了咱们俩怎么办啊！”

我说：“给我洗个桃儿。”

毛峰又噔噔噔地去给我洗桃儿，我说：“什么叫咱们俩怎么办，又不是演韩剧，该怎么办怎么办呗，以后组成一个和谐的乱伦大家庭呗！”

他一边非常不开心地嚷嚷着：“搞什么啊，这么大岁数了还要结婚，太过分了啊！”一边去厨房里做饭。

我当然不愿意搬回我爸那儿住了。住在我爸那儿是我伺候他，住在我这儿是毛峰伺候我，傻 × 才跟我爸一起住。

吃饭的时候我跟毛峰说：“你应该高兴啊。你从小就缺少母爱，我妈那可是母仪天下的好妈妈，以后你再也不会缺母爱了！”

他噘着嘴说：“我就是觉得不合适。这不是耍流氓嘛。”

我说：“哎，今天这炒米饭挺好吃啊，你放榨菜了吧？”

他说：“对呀对呀，我的原创发明。”

我说：“什么叫耍流氓啊，你跟我才是耍流氓呢，未婚男女光屁股一起睡这叫耍流氓，你说你爸跟我妈能这么干吗？”

毛峰面红耳赤地叫唤说：“太恶心了徐小五！”

我也觉得太恶心了，满脑子都是我妈和毛岩松“光着屁股一起睡”的画面。

画面未退我又想起了更恶心的画面，便是“我爸和卓俊君光着屁股一起睡”。

我奋力地摇了摇头——不可能不可能，我爸不是那种人。

第二天我跟杨逍吃午饭，杨逍说我这种逻辑思维水平还他妈做视频剪辑呢，还梦想当大导演呢。她说：“卓俊君那种女人就是肉欲横流，不光着屁股睡她还有什么作用啊，反观伯母和毛伯父，人家两个人都是温文尔雅的，怎么可能啊。”

我撇着嘴不再跟她争论，心里却是不服。毛岩松看着是温文尔雅，其实完全不是什么正人君子，我妈算是一步一步被套牢了。光屁股睡的画面再次浮现，我恼羞成怒地骂：“杨逍你太恶心了！”

几天以后我约我妈逛街，她说她要上班呢，哪能出来逛街啊，我哦呵呵地嘲笑她说：“你都快当上副总夫人了，少在这跟我装蒜，请半天假都请不下来，蒙谁呢！”

于是我妈就窘迫不堪地被我强行约了出来。

我们俩在商场里的茶餐厅碰面，她一出现果然是貌若娇花，一袭深蓝色的包身连衣裙又好看又得体。她离婚之后就没再把头发扎成过中年妇女的低辫子，而总是精心地吹卷，披在肩头。她适合贤良淑德的首饰，此时耳边坠着两个小小的玫瑰金坠子，简直是泼菲科特——完美。

我用《平田的世界》里面湿父的语气鬼叫道：“哟哟哟，这位女青年很滋润哟！”

我妈小脸儿通红地骂我：“别淘气！”

她坐下之后我厉声说：“你小样儿都准备改嫁了，打算什么时候告诉我啊？还想瞒我一辈子？”

我妈说：“什么呀，老太太改嫁又不是什么光彩的事儿。”

我说：“你还知道不光彩？再不光彩也不是你一个人的事儿，我以后有俩爸爸了，换谁突然有俩爸爸他也不能不知情呀！”

我妈被我欺负得很无助，低声喝我：“小五！”

我立马破涕为笑讨好地说：“嘿嘿嘿，到时候我要当伴娘！”

我妈说：“还伴娘呢，你见过有谁快五十岁了改嫁还办婚礼的？”

我撇着嘴说：“没劲。”

她说：“小五，这件事你先别跟你爸说。”

“哎哟？还想瞒着我爸？”

她说：“不是瞒着你爸，你去说，总归不合适。”

我说：“好吧，你们的事我懒得掺和。”

我妈的心情很不错，吃完饭我们俩逛了四个多小时商场，我毫不客气地花我妈的钱，实在是收入颇丰。我妈在一边叫唤着：哎呀这件领子开得太大了，这件太短了，鞋子这么高会崴脚的。我不理她，血拼得开心极了。

火拼到下午，外头突然下起大雨。毛岩松打来电话，说要来接我们，我妈说："不用，我们在这里等雨停。"我一把抢过电话："毛叔叔，我是小五，我们在燕莎呢！"

我妈瞪了我一眼。我说："女人就是要娇弱，你越是强，男人越不照顾你，你什么都不会干什么都要他帮忙，他才会一直疼爱你啊！"

我妈戳我的脑袋说我一派胡言。

我们俩累得一步也走不动，就在商场里面找了个安静的咖啡屋坐下来，一边休息一边等毛岩松。

我们俩坐在靠窗的位置，看窗外珠帘一般的雨滴。

我妈轻轻地开口问："你爸爸最近怎么样？"

我说："挺好的。"

"跟那个小姑娘相处得不错？"

我挠挠头说："处得好处不好，区别不大，就那样儿呗。"

我妈优雅地端着咖啡杯说："他其实总是想找更年轻漂亮的女孩儿交朋友。当初离婚的时候我就在想，他的心愿总算是有机会实现了。"

她望向窗外，细长的脖子拉伸出很优美的线条："你爸爸这么活力充沛又有个人魅力的人，总归不应该过一辈子墨守成规的日子。我呢，这么大年纪了，难得你毛叔叔还看得起我，愿意跟我做个伴。”

我说：“毛叔叔对你好吗？”

她笑着说：“还用问吗，去哪找这么好的人啊。”

我又问：“那你现在爱他吗？”接着我迅雷不及掩耳地伸出一根手指说：“正面回答，不许给我整那些老头老太太爱个屁之类的场面话！”

她的表情很是柔和，低眉顺眼地说：“爱。”

我内心一阵失落，我以为她至少也要欲拒还迎，不然打我一巴掌也好，我万万没想到她会这么利落地说出这个字。

自称是“老太太”的我妈，是要经历了什么样的感情，才会对我说爱他？

虽然心里百感交集，但是我还是努力地扬起笑容说：“卢女士，这回决定改嫁可就真的是一辈子了，再反悔也来不及了哟！”

我妈的笑容好像月光，她说：“不会反悔了。”

我其实好想问问她有没有想念过我爸，好想问问她难道就不再想想了，难道她和我爸再也不可能在一起了。

“瞎子都能看得出来，他看她的眼神多么温柔。他们虽然没有坐在一起，却好像有什么东西牵着似的。”这是卓俊君说过的话，也是曾经许许多多旁观者说过的话。

我记得我小的时候，跟我爸妈出去吃饭，他们没正形的朋友们总是调侃说：“你们看这小徐和小卢两个人，虽然没有拉着手说情话，却总觉得怎么这么相爱呢。”

我爸心里还是那么戚戚然地爱着她。难道她心里一点都不再爱我爸了吗？那么多个晚上，我爸喝醉了酣睡在那儿，我妈不敢睡，只是温柔地摸着他的头发。那时候她心里的温柔，难道一点儿都没有了吗？她一把葱一把蒜地给我爸做过成千上万顿饭，做了那么多“你爸爱吃”的菜。她在拿着长把儿勺子轻轻熬汤的时候，心里的温柔，难道一点儿都没有了吗？

可是她是一个待嫁的新娘，我凭什么要动摇一个女人嫁人的决心？她是我的好朋友毛岩松的未婚妻，我若是问她那样的话，如何对得起毛岩松？

我一边喝咖啡，有一搭没一搭地跟我妈聊天，一边想象我爸得知此事的心情。不知道我爸是不是跟我一样，就算离婚了，心里也还抱着一线希望。

我妈突然怯怯地问我：“小五，妈妈要结婚，你是不是不开心？”

正所谓“扬眉吐气”，我抬起眉毛叹口气说：“俗话说天要下雨娘要嫁人，由她去。”

她说：“小五，你认真说。”

我说：“我怎么会不开心呢？你能开心我就开心了，我可是你亲生的。”我看着她一脸的愁容狐疑地问：“难道我不是你亲生的？！”

我妈啼笑皆非地说：“你这个死孩子，什么时候能严肃一点。”

我正笑得开怀，毛岩松来电话了，我们俩下楼上了毛岩松的车，一起去他家附近吃饭。毛岩松有一辆普普通通的现代，但是他很少开，总是悠闲地去坐公交车，或是缓缓地步行在路上。他身为一个国有企业改制之后主管人事行政的副总，生活真是朴素到离奇。他的儿子毛峰也一样，一天到晚在家穿着个跨栏背心叼着糖葫芦闲逛，恨不得出门只骑二八自行车。

毛岩松说：“小五，晚上想吃什么？”

我大爷一样地倚在后座上说：“就去咱们平时吃饭的那个小馆子吃，多好吃啊，那家的水煮鱼真是绝了！”

我妈笑呵呵地说：“你们俩真像一对好朋友。”

我说：“什么叫像，老毛你说，咱们俩是什么关系？”

毛岩松丝毫不介意我称呼他老毛，笑着说：“我和小五是哥们儿。”

我妈很嗲地戳了毛岩松一指头说：“你别胡说，小五一个大姑娘，都是被你带坏了！”

毛岩松说：“我可带不坏这位小姐，不管什么时候总是她牵着我的老鼻子走哦！”

我妈说：“你们俩别老吃水煮鱼什么的，太油不好。”

毛岩松说：“这不是只跟小五下下馆子嘛。小五，下次咱们俩想喝一杯，就到家里来，让你妈做好吃的、健康的菜！”

我妈笑说：“好好好，到时候我可要听听你们这对好哥们儿怎么能有那么多聊不完的话。”

驱车去饭店的路上，我妈和毛岩松在前头聊天。我妈说：“最近离职的人特别多，尤其是生产部门的，是不是得做点薪资调整了？营销部有一个小伙子三天两头地来闹，说是要我给转户口，他哪里够资格转户口，可是他没完没了的，一会儿耍赖一会儿还威胁我。”

毛岩松说：“他还敢威胁你？！”

我妈笑着说：“这些年威胁我的多了，我不就是为大家服务的吗，我就是内务府管事儿的嬷嬷嘛。”

毛岩松说：“还内务府哪，你是最近古装电视剧看多了吧？你是嬷嬷我是什么？”

我妈掩着嘴笑：“你当然是内务府总管大太监喽！”

毛岩松哈哈大笑，轻轻打了一下我妈的腿。

我活到二十三岁，第一次听见我妈讲工作的事儿。她一路上絮絮叨叨，有说有笑，毛岩松随着她的情绪陪着她聊，没有一丝一毫的不耐烦，更没有一星半点堵人心的话，正如他跟我聊天一样畅通无阻。

我看着他们的样子，觉得我妈妈真幸福。

到了吃饭的地方，我率先就点了水煮鱼。黏黏的焦香的鱼片儿连着炸得香香的花椒粒子一起吞入，真是麻在舌头尖儿，美在肚子里。我妈很无奈地说：“那我也尝尝，回头在家里给你们俩做。”

毛岩松说：“我也学学，回去给你做。”

我们点了五个菜，又点了白酒。毛岩松最爱用盐焗花生下酒。看他往嘴里填入花生、喝酒喝得得意的样子，实在是让人眼馋。毛峰下班赶过来，气喘吁吁地入座。

我吆喝道：“哎，来来来，我给你介绍一下，这是咱爸，这是咱妈，以后都是一家人，别害羞，跟在自己家一样，坐！”

毛峰面红耳赤，我妈打我说：“还没结婚呢，你别胡说八道！”

毛峰客客气气地向我妈问了个好，又喊了声爸，闷不作声地坐下来。

席间我们三个照例聊得很开心，毛峰却一直闷闷不乐，我们都不理他。毛岩松特别的高兴，说起了许多往事。他说有一年运动会，当时厂子还是国有工厂，我妈还在二车间，被硬拱着去跑一千米。

我说：“我妈连一百米都跑不了，跟林黛玉一样，还一千米哪？”

毛岩松说：“可不是嘛，比赛当天我就在旁边看着她，扎俩小辫子，穿着运动衫，吓得小脸儿煞白。我就跟我们这儿跟她一块跑的姑娘说，你就拐她一下子，让她摔在地上。可别使劲儿使大了，让她真伤着。”

我妈说："原来是你搞的鬼！一起跑小田就撞我，我一下子就摔了！"

毛岩松笑哈哈："你妈一倒在地上，我就在旁边叫唤，说有同志受伤啦！快送医务室啊！于是人家就赶紧抬了个担架把你妈抬走了，我看她坐在担架上那一脸迷茫的样子啊，真逗！"

我妈说："你怎么知道我就伤不着，我膝盖都破了！"

毛岩松说："我知道你膝盖破了，回去就把小田儿骂了一顿，把她委屈的，说你妈跟个瓷娃娃似的，怎么那么弱。我说不是小卢是瓷娃娃，是你太像黑金刚，一点劲儿没使就把人家给踩碎了！"

我妈撒娇说："你就知道揭我的老底！"

毛岩松说："不然你也来揭我的老底？"

我妈说："揭就揭，以前咱们厂不是有食堂吗？每天中午吃完饭，就见老毛走路的姿势特别奇怪。当时小陈缺心眼，还去问呢，说：'毛同志，你是不是受伤了，怎么这么走路啊？'你毛叔叔说：'吃得太多了，撑的！'我一眼就看出来，他那是兜儿里塞了东西了，怕人家看出来，藏着呢！"

我起哄说："毛叔叔你还干过偷社会主义干粮的事儿呢？"

我妈说："他偷的是社会主义鸡蛋！当时毛峰正在长身体，他天天偷十个鸡蛋给毛峰吃，幸亏当时食堂里鸡蛋一煮就是一桶，偷了还看不出来。他天天兜里塞着十个鸡蛋，走路能不怪吗？我一想起这件事我就想笑！"

我看毛峰的表情怪怪的，就说：“毛叔叔，你一个人把毛峰拉扯得这么壮实，肯定不容易。你是又当爹又当妈，一把屎一把尿把他喂养大……”

毛峰嚷嚷：“你才吃屎长大的呢！”大家都大笑起来。

我妈说：“当然不容易了。你们俩上初中那阵子，你毛叔叔每天情绪都不好，问他他也不说。后来我才知道，毛峰那阵子总不回家，老在外头鬼混，他实在是担心坏了。”

毛岩松摇摇头说：“当时有几个老同志劝我，说不打不成器，我说我的儿子不是真正的浑小子，他心里懂道理，年纪到了自然会回归正轨，用不着我举起棍子打他。”

毛峰的脸红一阵儿白一阵儿。我问他：“你爸爸打过你吗？”

毛峰强作镇定地说：“打过，打得可狠了，把我打得浑身都是青块子！”

我说：“因为什么事儿啊，你得多可恨毛叔叔才能那么打你啊？”

毛岩松说：“我听老师说他考试作弊，心里太着急了。堂堂男子汉打架闹事不要紧，为人不诚实是大事，结果下手重了。”

毛峰说：“爸，你也太不相信我了，她说你就信啊？她故意陷害我，你怎么胳膊肘向着外人啊？”

毛岩松说：“她给我看你的卷子，还给我看你同学的卷子，一模一样。她说那个学生成绩特别好，总不能说是他抄你的吧？”

毛峰摇摇筷子说：“这就是阴险毒辣。他成绩好，你看他的成绩表了吗？你知道他是谁吗，他是马副校长的儿子！”

毛岩松特别震惊地说：“那小子是马国宇的儿子？就是现在在鹏泰当销售总监的那个？”

毛峰恨恨地点了点头。

毛岩松放下筷子挠了挠头说：“哎呀，真是没想到，调查得不够哇。”

毛峰语重心长地说：“所以说，你要相信自己生的儿子，甭管什么时候都是个好人！”

这么一件破事，这两个人竟然到现在才说开。

毛峰说：“还有啊，爸，当时你因为我早恋把我训了一顿，你也是冤枉我，小五可以做证！”

我立马问：“冤枉你跟谁早恋啊？”

毛峰说了个名字，我立刻恍然大悟道：“毛叔叔，这个事儿毛峰绝对是无辜的，那个姑娘从小就爱跟着男孩子到处跑。小时候让男生给她糖吃，长大了要文具要发卡，我听说大学的时候她就当小三去了！”

毛峰说：“听见没有，你不能看见我跟她一起回家就觉得我们俩在谈恋爱呀。”

毛岩松说：“我看那个小姑娘长得干干净净的，就怕你把人家给糟蹋了！”

毛峰委屈地说：“谁糟蹋谁啊，给我一万次机会我也不屑糟蹋她呀。”

我嘿嘿地笑着说：“毛叔叔，毛峰初恋就是我，我保证他这辈子还没糟蹋过别人。”

毛岩松举起酒杯来说：“儿子，这些年爸爸对不起你，敬你一杯当是赔罪了。”

他喝得脸蛋红红的，不知道为什么眼眶也有一点点红。

毛峰举起酒杯来说：“我小时候那么不懂事，爸爸你养我这么大辛苦了！”

说着说着泪珠子就滚了下来。他赶紧把小脸儿埋进了自己的胳膊里。

我妈温柔得就像一捧泉水，隔着桌子用手抚摸着毛峰的肩膀。他的肩膀又宽阔又脆弱，已经有二十几年没有被一个母亲温柔地抚摸了。他在臂弯里呜咽着说：“以后咱们家有阿姨了，也有小五了，真好。”

因为毛峰这个小娘们儿哭得停不下来，我只好陪他去厕所洗脸。

他从洗脸盆上抬起头来，看见我一副流氓相靠在墙边抽烟，指着我吼道：“你敢笑话我，我就死给你看！”

我叹了口气语重心长地说：“你总说你爸爸不关心你。这些年他心里多惦记你，现在知道了吧？”

他点了点头，然后天真地说："小五，你妈妈真好看。"我大方地拍着他的肩说："以后我妈就是你妈，你放心拿去用就是了！"

一个家里只有两个男人，容易硬碰硬，实在是很有问题。我回想起我家，从小到大我妈总是那个柔声细气调和矛盾的人，很难想象这些年大大小小的矛盾冲突如果没有她在，事态会发展成什么样子。

我忧伤地对毛峰说："我以后当了人家的老婆，可能做不到像我妈妈这么好。"

毛峰说："你还能当谁的老婆？没事，以后咱家有我呢！"

回到饭桌边，我妈和毛岩松嘻嘻哈哈的，表情都是异常和气和欢乐。我们四个吃得肚皮滚圆，喝得心满意足。还剩下最后一口酒的时候，我举起酒杯宣布："咱们今天这顿饭就是庆祝我妈和毛叔叔订婚。我妈这种天下第一的好媳妇，被你们毛家捡回去了，你们真是三生有幸，前世修来的福气啊！以后要是有人胆敢欺负她，我就卸了毛峰的腿！"

毛峰还在那儿抗议说凭什么谁欺负阿姨都卸我的腿，毛岩松已经一饮而尽。

我仰脖灌下这口辣汤的时候，又有一股眩晕的忧伤涌上心头。天下第一的好媳妇原本是我家的，就这样被我爸活生生地弄丢了。

毛岩松喝了五两二锅头，自然不能开车送我们了。我妈悄悄把我拉到一边，问我：“你和毛峰住在一起呢？”我说：“不然呢，我一个人租房子住你放心啊？”我妈叹了口气说：“女孩子还没结婚就这样，不像话吧？”

我愁眉苦脸地说：“怎么办，木已成舟，生米呀已然煮成了熟饭，后悔是来不及啦！”

我妈一边掐我一边说：“幸好毛峰是个好孩子。你胆子也太大了！”

我嬉皮笑脸：“毛峰是好孩子你就放心吧，不然你们仨住在你家里，我一个人住外面，凭什么呀。”

我妈说：“就不能来跟妈一起住？”

我说：“你一个人住的时候我就没去跟你挤，现在你马上就要新婚了，我哪有去当电灯泡的道理。”

于是我们就在饭店门口挥别。毛岩松和我妈走的时候手挽着手。他们俩高矮合适，身材匀称，慢慢走进夜幕的样子，竟然是那样的般配。

这天晚上我失眠，突然想到，我妈嫁人不办婚礼、不去旅行，但是我还是可以送她一个礼物。

我想给她做一个影片。

于是我不再接新的工作，到处去搜罗了许许多多资料，还找马阿姨要了好多我妈妈小时候的照片。当然这些照片里大部分都有马阿姨。我扫描之后毫不留情地把马阿姨都P掉了，她知道后将我破口大骂。

我又从毛峰家里偷了很多毛岩松年轻时候的照片。他那个时候真帅，比我爸帅。他即使是在那么年轻的时候，气质也是温和的，眼神好像冬天的阳光。我看着他穿着白衬衫和同学的合影，穿着运动背心站在操场上笑得很阳光的样子，突然想如果是这样一个年轻的男人出现在我面前，我也会爱上他。

他那个时候如果勇敢一点，响应毛主席的号召自由恋爱，好好追一追我妈妈，他们会是一对多么好的夫妻。

我长长地叹了口气。幸好毛岩松是个㞞货，不然世界上就没有我了。

最后我潜入我爸家里，偷得了我家拥有第一部摄像机之后海量产生的录影带。这件事让我兴奋不已，因为这些录影带我基本上就没有看过。

我又闹着要借杨道的机房，她简直都快要掐死我了。最后我只好以跟她分享我小时候傻 × 一样的录像为诱惑，争取到了一个星期的时间来把古老的录影带导出来。

张晓婉得知此事之后二话不说，就在当夜赶到现场，带来了啤酒、瓜子、辣鸭脖和泡椒凤爪。

我们支好了家伙，一边导格式，一边对着小小的屏幕嗑着瓜子喝着啤酒。

那个时候的摄像机好烂，拍出来的视频相当模糊。而且大家都不会剪辑，所以里面充斥着大量的摇摆晃动和等待的废镜头。内容基本都是去公园玩、过生日、过圣诞节、过新年、远道而来的朋友借住在家里等。

看着看着，张晓婉和杨逍正高谈阔论笑逐颜开，一扭头便发现我已泪流满面。

张晓婉惊叫："你是咬舌头了吗？"

张晓婉真他妈没心没肺！我只好不理她，坚强地抹去眼泪，可是眼泪又自己流了出来。

面对镜头傻了吧唧非常不自然的，基本总是我和我妈。这些录像都是我爸拍的，他给我妈那么多那么多的特写镜头。我妈走在公园的山路上，他跟在后面一直拍。镜头晃得让我想吐，可是我却没有吐，而是泪流满面。

一共有十几卷的录影带，这些录影带并不只是我们生活的记录，那是我爸对我们的爱。

那是我爸对我妈的爱。

镜头里的我妈虽然动作很僵硬，但是却非常好看。那时候她还那么年轻那么时髦，会在头发上扎一块深色的纱巾。齐膝盖的大摆裙子下面露出苗条的小腿。我爸一边拍，一边对着摄像机念念叨叨："啊……这里是东山，现在开满了小野花。咱们看看卢月在干什么呢？卢月……"【我妈无奈地转身】"卢月，你在干什么呢？"

我妈的声音远远传来："别闹了！"

我爸继续念叨道："哈哈哈哈，她在那儿乱扔垃圾被我看到啦！"

我爸的念叨好像自言自语："卢月，你喜欢这里吗？""卢月，咱们去吃饭吧，我好饿呀！""卢……小……月……小……卢……月……"

他的声音是所有影片唯一的配音和配乐：

"咱们来看看卢月今天好看不好看。哎呀，不太行嘛！"

有很多内容，他没有跟我妈说过，而是自言自语地说在了这些录像里。他的声音也跟平时不一样，显得格外天真和傻×。

"卢月今天做了好好吃的红烧鸡"【镜头无限靠近红烧鸡，虚焦得一塌糊涂】"咱们闻闻香不香……嗯……真香呀！"

即使他自己非常少出现在镜头里，我却仿佛能够看到他的眼神是温柔的，充满了爱的顽皮。可是我却要把他充满了爱的镜头剪成影片，送给他爱的女人，作为她嫁给其他人的结婚礼物。

张晓婉看着逐渐泣不成声的我，尴尬地说道："这鸡爪真他妈的辣。"

我的情绪虽然极不稳定，但我们三个还是花了一个星期的晚上的时间，把所有录像带都导出成为视频。她们当我不存在一般，完全忽略我起伏的情绪，各自一边嗑着瓜子吃着辣鸭脖什么的，一边大声嘲笑我小时候的舞蹈或是头戴大红花的扮相。我很感激她们俩彻底地忽略我。我躲在阴影里一会儿哭一会儿笑。

还剩下两卷带子，我们打算一晚上导完的那一天，我爸给我打电话，问我是不是动了家里的录影带。

我万万没有想到偷走尘封在柜子深处的这些录影带，会被他发现。我一下子僵在那里，不知道要怎么解释。我跟他怎么说？他根本还不知道我妈要结婚的事啊。

我只好说："我就借来看一下。"

我爸叹了口气说："你有空的时候过来坐坐吧。"

于是那天晚上我就暂停了导带子的任务，提着很多剩下的辣鸭脖和泡椒凤爪，带了啤酒去了我爸家里。吃了一个星期辣鸭脖，我整个人都好像在燃烧。我想这件事无论如何他都是要知道的。与其让他看着我妈和毛岩松幸福的样子再听到这个消息，我来告诉他，可能会让他更舒服一点。

我爸家里还算整齐，尘土也不多。徐小国也是干干净净的样子，看上去被照顾得很好。我爸妈离婚已经一年半了。我表扬他变勤快了，他笑着说："一个人生活久了总会变得勤快一些。"

他样子其实没有太多变化，可是我看得出，他丧失了他的活力。他丧失了幽默，也丧失了顽皮。虽然平静，可是他的平静让人感到非常忧伤。

我们从外头的饭店叫了两个菜，就着辣鸭脖什么的下酒，话题却很奇怪，我们一直在聊电视剧。聊完抗日片又聊古装片。他还给我讲了一个他最近在看的电视剧的剧情。一边讲，他一边一罐一罐喝着啤酒，我也跟着他喝，喝着喝着，我就醉了。

我爸说："小五，你妈妈是不是要再婚了。"

我点了点头。

他说："你拿录影带，是要做片子给他们对不对？"

我又点了点头，然后眼泪又再次喷薄，我把脸埋在膝盖上哇哇大哭。

我在膝盖里、鼻涕和眼泪之间近乎号叫着说："爸爸，你把妈妈追回来啊，再不把她追回来就再也来不及了！"

我爸没说话，我兀自号叫道："她是我妈妈，她是你的老婆，你跟她离婚一年半，为什么不追她，为什么不争取一下，你怎么可能心甘情愿看着她就这样永远离开你啊！"

我爸还是不说话。

我抬起头来，看见我爸跟我一样泪流满面。

我觉得男人其实是很脆弱的生物。从小到大参加了这么多婚礼，在婚礼上泣不成声的，一般都是新郎和新娘的父亲两个人。男人不哭是因为心里没有爱，爱着自己的妻子、爱着自己女人的男人，他们的泪腺是多么发达啊！

我这辈子见我爸哭过两次，上一次就是我妈第一次说要跟他离婚的时候。现在的我爸，坐在沙发上，用手死死地捂着眼睛。他咧着嘴，眼泪从手掌下面一串一串流到他赤红的脸孔上。

他哭了一会儿，用力睁了睁眼睛，使劲抹了一把脸。

他说：“如果还要追你妈妈，当初还离婚干什么。”

我不知道说什么好。

他说：“你妈妈觉得跟我过日子很累。离婚那天，办完手续，我们俩去吃饭，我问她我到底哪些事做错了。她不愿意说，她说我没有错，只是她自己处理不好。可是后来她到底说出来了。她滔滔不绝地说了很多很多事，有大事有小事，其中很多很多事我根本不记得了。我记得的那部分，在我印象里根本不是她说的那样。有些事我的本意不是她感觉的那样，可是我并没有解释。这些年我过得太过理所当然，而且始终觉得我给了她很好的生活。我总是觉得疲惫的是我，为了养家糊口在拼命的人是我。她过得比大部分女人都好，我以为自己对她是很好的。可是这么多年的日子在她心里却是和我认为的完全不同的样子。

“后来我问她，当初我们结婚是不是就错了。

“她说，当然不是错，如果不结婚，就不会有小五这么好的女儿。

“可能是这句话让我彻底心凉了吧，她嫁给我就是因为怀了你，也许从一开始她就看不上我。我们结婚二十多年，对她来说都只是在忍耐罢了。

“我仔细想想结婚那一年，我那么年轻气盛，哪里想得到其他的东西。我也根本没有好好去想她的感受。可能直到现在我都没有好好想一想她的感受。

“老毛是个好人，这么多年单位上上下下，大家早就公认他的人品。他比我细心多了，我理解不了的你妈妈的那些事，可能他都能理解吧。”

我爸从沙发上站起来，踉跄了一下。这么多年混迹酒场，可今天他也这么轻易地喝醉了。

他说：“小五你跟我来。”

我跟他进了卧室，就是从前我爸妈的卧室，现在是他一个人的卧室的这间房间里，藏着我们这个曾经的家庭所有的照片、录影带，和其他杂七杂八的回忆。

他从柜子里拿出来一些纸卷，打开给我看。

他说：“这些都是你妈妈年轻时候画的画。这些日子我经常拿出来看一看。当年她每次画画的时候，我都说她浪费时间，还讽刺她画这些东西能卖多少钱，能不能当上画家。

“我说这些话并不是指责她画得不好。我只是开个玩笑。可是后来她就不再画了，我甚至没有注意到。

“离婚之后她说，我从来没有理解过她这个人。我没有仔仔细细看过一次她的画，也没有一次耐心地听她说点什么。所以后来，我找出来，每张都仔细看了。你看小五，你妈妈画得这么好，为什么我当时不好好看呢？”

我妈妈在二十几岁的时候画的那些素描和小小的水彩风景画，有着非常柔和的线条和非常清雅的风格。我爸爸沮丧地看着这些画，他在说话的时候，眼泪一直不断地落下来。

我怜悯地看着他，尽可能温柔地跟他说：“因为你跟她太亲密了。身边最亲的人，人们很难后退一步去好好欣赏。只觉得她做什么都是理所当然的，做或不做都是无所谓的。可是现在她离你远了一步，你反而看得清这些了。”

我爸说：“现在看清了还有什么用啊。

“其实这么多年以来，我从来没有觉得你妈妈哪里不好。如果觉得她不好，就不会跟她结婚，也不会跟她过这么多年。世界上女人这么多，唯独跟她结了婚，说明她是最好的。我以为这样的事根本不需要说出来，她怎么就不明白呢？

“可是我没有想到的是，她很好了，我自己怎么样呢？”

他凄惨地笑着说：“如果能重新来一次就好了。我一定会好好照顾她的。”

我们俩在床边上坐下来，手里拿着我妈妈的画，纸都旧了，铅笔的痕迹也微微模糊。这些画纸散发着陈旧的味道。我从七岁之后就不再跟我爸亲密接触，可是今天我把头靠在了他肩上。

我问他：“你和卓阿姨怎么样？”

他苦笑了一下：“你妈当时还一直劝我，说我一直都喜欢年轻漂亮的女孩子，这下子可以尝尝鲜了。后来我一想，反正都离婚了，不尝白不尝。我这辈子第一个对象就是你妈妈，确实没有过别的女朋友。其实这么多年，倒贴上来追求我的女孩子真不少。我从来没有做过对不起你妈妈的事，可是她心里却攒了那么多不舒服。我不理解的是，如果我真的跟那些女孩子有什么，又怎么会跟她说呢？既然我都跟她说了，她又有什么可不舒服的呢？可是现在说这些都没用了，小卓第一个来追求我，我就跟她谈恋爱。她那么年轻，她的想法和做事情的方法我都不太赞同。我跟她，根本没办法好好说话。她老是滔滔不绝地跟我说各种各样的琐事，根本不管我想不想听。”

我哈哈一笑说：“女孩子本来就是这样啊。”

他说：“别说什么女孩子，后来我一想，原先的我不也是这样吗？你妈跟我说，那年她得了带状疱疹，痛苦极了，在家休息，好不容易睡着了，我回到家就跟她大聊特聊，她当时对我可失望了，觉得我没有把她当个人看。”

我点点头说：“这事情干得是不地道啊。”

他说：“我啊，根本没想到那么多。她当时要是跟我说一声，说我难受着呢，我不就闭嘴了吗？”

我们俩半天没说话。然后我爸长长地叹了一口气说：“你看，如果你妈不这么铁了心地跟我离婚，她想跟我说清楚她这些年的委屈，我能给自己找出来多少借口。”

我微笑起来。

我爸说："对了，你问我跟卓阿姨怎么样。我觉得跟她根本就处不来。上回我跟她说散伙吧，让她去找找合适的对象。她哭的呀，说了好多莫名其妙的话，我根本就记不住，她说话也没什么逻辑性。"

我调侃道："卓阿姨长得那么好看，你不觉得她很吸引人吗？"

我爸说："人啊，不管长成什么样子，她人好，你看着她就好看。你跟她亲，你看着她就顺眼。皮囊这个东西就是个皮囊，说到底，一点用也没有。"

是啊。我爸说话真有哲理。

我突然想起什么似的抬起头问："那你当年数落我妈长得难看，还从头到脚说得头头是道的。啊，还有，我妈有时候打扮起来了，问你好不好看，你干吗说好看个屁？"

我爸微笑着说："你妈打扮起来，我也真没觉得她变好看了。她扎起头发，披着头发，穿着棉裤，穿着长裙，在我看来都一个样。就是她本来的那个样子。"

我叹了口气，又靠在他肩上。这句话说得比上一句话更有哲理。

有时候你跟一个人太亲了，你对她太熟了，是看不出她外貌上有什么变化的。就像和真心要好的老同学，多年后重逢了，总是说：你一点都没变。可是和原本不熟的那些点头之交，一年不见，就会觉得他变化好大，都快认不出来了。

因为对亲的人，人们所看到的根本就是他本来的样子。

我说："爸，你们的事情，你们自己最清楚。我肯定不能强迫你做什么，只不过你有没有仔细想过以后的日子，还有那么多年，多么孤独，多么伤心。你不觉得害怕吗？现在还有机会呢，虽然时间不多了。我是你们俩的闺女，我最希望你们俩能在一起了，你知道吗？"

我爸微笑地看着我："我还以为生了个闺女胳膊肘死活往外拐呢！"

我蔑视地说："你今天表态得好，不然我还是往外拐！"

我爸想了一会儿，好像下了很大很大的决心一样地说："我打算约你妈妈吃个饭，跟她说说我的心里话。不强迫她做什么，就只是跟她说说心里话。"

我说："我支持你。让我妈自己去好好感受一下，自己好好想想。"

第二天中午我从我爸家里撤离，在路上突然想起了卓俊君。

我爸跟她分手，她竟然没有哭哭闹闹地来找我，此事有异常。

还有，那天晚上她对我说了那么多真心话，加上我对她心怀愧疚之情，总觉得心里不那么讨厌她了，甚至有一点点疼惜。

于是我给她打了电话，约她过几天出来坐坐，她欣然答应。

一见面，我差点没认出来。这一天她扎了个辫子，厚厚的头发没有烫卷，支棱在脑袋后面，穿着长袖长裤，脸上没有化妆，双眼皮厚得仿佛把眼睛都压没了。

她笑着看着我惊愕的样子说："我没化妆的样子有这么吓人哦！小五你好坏哦！"

我们俩坐在每次见面的那个咖啡屋，这一次没有香水的话题撑腰，竟然相对两无言。

过了一会儿她说："徐老师跟我分手了。"

我说我知道。

她说："无论我怎么恳求他，保证我以后都改，怎么都好，他都还是非要跟我分手。"

我叹了口气说："你们俩根本就不合适。你又何苦这样委屈自己。你爱的其实不是他，是你的爸爸啊。"

卓俊君苦闷地说："不是，我真的爱他。再委屈也还是爱他的。"

我说："那么如果他没有要跟你分手，你就能忍受他的那些毛病和态度？"

她气愤地说："我忍受不了！有时候我真被他气得要发疯，尤其是他对我冷淡的时候，不管我说什么他都不回答我！我更受不了他对我发脾气的时候，我心里想，我都已经这么委屈这么生气了，你还要对我发脾气！”

她的气焰一下子黯淡下来，说：“你知道吗，最后那一个多月，我们俩几乎天天都吵架。我不管怎么下定决心，最后都还是跟他大吵起来。我心里想得好好的，要好好把自己的意思说清楚，可是他一张口，就像我是无理取闹极了似的，就像他根本就瞧不起我似的！有一次我撒娇让他给我买个娃娃，一个娃娃而已，才十几块钱，他劈头盖脸地骂了我，说我一把年纪还要做这种幼稚又浪费钱的事情！你不知道他脸上的表情有多么嫌弃多么厌恶。我实在气死了，我问他凭什么这么跟我说话，他当场就把手里的东西摔掉走了，把我一个人扔在街上。

“有时候我觉得，跟他在一起的我都不是我了。我变得好丑恶，好差劲，脾气又坏，人又笨，一点儿优点也没有了。我明明就年轻漂亮，可他总说我一把年纪、一把年纪，又说我胡乱爱美。我精心打扮，他却说我打扮得俗气极了。

“我不知道他是不是在拿我跟他从前的太太比，可是被他这样一讲，我都觉得自己不好看了。我活了三十多年，从来没有觉得自己长得不好看过。”

我说：“所以我才说，你跟他分开也是一件好事呀。”

她黯淡地说：“人们总是这样说，什么长痛不如短痛。可是我心里可难过了。我发了好多信息给他，给他打了好多电话，他再也不回复我了。”

我也不知道说什么才好。可还没等我想起来要说什么，卓俊君已经抬起头，露出笑容说：“可是小五，你给我打电话我好开心哦。我从来没有过像你这样的朋友。我也从来没跟别人说过我爸爸的那些事。你以后一定还要给我打电话，好不好？咱们还出来喝咖啡，好不好？”

或许因为她素面朝天，又或许因为她不再是我爸的女朋友了，我仿佛敞开了话匣子，也毫不客气地打断了她关于香水的所有话题。我说：“你除了香水还能聊点儿别的吗？”

仔细一想，我今天也没有刻意打扮，妆也没化。卓俊君却没有被我的素颜吓到，也许她心里真的是跟我亲的。

卓俊君说要送我回家，我谢绝了她。天气不错，我缓缓往家走去。

一个人走路的时候，我想着卓俊君对我爸的感情，试图理解她对我爸的爱。明明对方根本不给任何回应，还是放不下，死活放不下。这才是爱不是吗？能随随便便就放下的爱，算什么爱？

于是我又想起秦朝。整整五年音讯全无，我还是心心念念的秦朝。

我想起了上回跟他见面的时候，他听说了我跟毛峰在一起时，生气的样子。

他说：“我就知道他图谋不轨！”

曾经我和秦朝在一起的时候，还跟毛峰我们三个人一起吃过饭。我回忆起那个时候，秦朝面对我的“男发小”，是多么明显的表情冷漠、面带狐疑。而毛峰就像一只毛茸茸的小白狗，战战兢兢，非常努力地想装作活泼开朗而且对我完全没有任何非分之想的模样。

时过境迁，如今我们三个人再坐下来吃顿饭，毛峰会不会昂起毛茸茸的脖子来摆出自豪的样子?

我突然被车子的嘀嘀声打断。我抬起脸来看向路边想知道是谁他妈的打断老子的思绪。

“小五，你自己走在路上傻笑什么呢？”秦朝坐在车里笑着说。

我愣愣地看着秦朝。从什么时候开始，当我想着秦朝的时候，居然连毛峰一起想了起来?换言之，我刚才明明是在想着毛峰傻笑的不是吗?

话说回来，好死不死我怎么又在路上遇到了秦朝这货?

我尴尬地坐上他的车，问他:“你怎么会在这儿？”

秦朝笑着说:“我去见客户，本来不走这条路。我看大路上堵车，才拐过来。幸好我今天改走这条小路，把你捞上车，不然人家肯定觉得你是神经病。”

我没说话。坐在他的车上我有一种莫名的不自在，生来没有节操的我很少有这种非常非常对不起毛峰的感觉。要说为什么明明觉得对不起毛峰，却还是坐上了秦朝的车，我只能说:大家都是朋友何苦要拒人千里之外。当然这只是浅显易懂的借口，我对自己鄙视得不行。

秦朝慢悠悠地开着车说：“找个地方坐坐？”

正被莫名的罪恶感折磨着的我突然气不打一处来，我冲动地嚷嚷起来：“找个地方坐坐？你不是要去办事碰巧走了这条路吗？你不办事啦？”

……

什么情况？我暗自掐了一下自己的手心。现场的气氛已经尴尬得接近了冰点，为了缓解气氛，我强作笑颜开口道：“哈哈哈，你说这是怎么回事，咱们俩最近怎么老是碰上？我都快怀疑你是不是猫在路边逮我。”

这话一出口，我感到自己简直是个真正的神经病，不由得下狠手又掐了一下自己的手心。

秦朝表情平静得很。过了一会儿他开口说：“没错。”

什么玩意？！

“我不光是今天，我几乎天天都在这附近转悠，看看能不能碰上你。”

我目瞪口呆地看着他绝对不是在开玩笑的侧脸。丫怎么知道我住在这附近？上回被他碰见是在杨道的公司附近，他又是怎么会知道我要去找杨道？难道我身边出了内奸？

不可能是张晓婉，张晓婉是毛峰的好姐妹，她的立场已经缓缓偏向毛峰了，连我都不惜冷落。

难道是杨道？也不可能，她连我家在哪儿都不知道。

难道是毛峰?

其实毛峰和秦朝有一腿?难道我错了我一直都错了,我生活的世界根本不是我想的那样?

正当我不可抑制地陷入不切实际的幻想眼冒金星的时候,秦朝慢悠悠地张口说道:“上次在饭店碰见你之后,我就偷偷跟着你们,知道了你的住处。后来有一回我竟然真的等到你从家里出来,我就跟着你的车子,看到你好像去跟一个女性朋友见了面。再后来我就经常在你家附近转来转去,看能不能碰见你。今天终于被我抓到你一个人走在路上了。笑眯眯的,不知道笑什么呢。”

我面色铁青地干坐了一会儿,直觉得后背发麻:“你这是非法尾随,这是犯法的我可以告你你知道吗?!”

秦朝悠闲地说:“我知道,我都告诉你了,你自然可以去告我。”

我嚷嚷道:“我认识你这么多年没想到你是这种人啊!”

仔细一想,不对。当年秦朝就是一个名侦探柯南一样的神经病变态。有一次他怀疑我跟我同桌的男生有一腿,于是就在我们班安插了个内线,叫内线事无巨细向他汇报每天我跟那个男生说了什么。直到有一天秦朝气急败坏地质问我怎么可以跟男人讨论憋尿憋狠了会不会勃起这种事,问我要不要脸,我才发觉他这个内线的存在。

虽然当年的我变态程度跟他不相上下,但是斗转星移的如今我早已改邪归正了，他他妈竟然还这么变态！

一想到他在我家附近转来转去，又开车跟着我的样子，我又起了一身鸡皮疙瘩。

我说：“你跟着我到底想干什么？”

秦朝半天没说话，然后苦笑着说：“还能想干什么，我只是想看看你。”

我无言以对。款款深情，掩不住变态。

他说：“我以为只要看看你的样子，看看你的背影，我就能满足。”他自嘲地笑了一下，说：“结果还不是不够。我这不是又跟你搭讪了吗？”

我继续无言以对。

秦朝用他特有的低沉的声音轻轻地说：“小五，我只是想你。对不起。”

他缓缓地把车停在路边，说：“我知道你生气。现在的你不是当年的你了。当年我就算找人盯着你，你也不会生气。你跟我说过，因为你爱我爱到变态，所以只能苛求我也报以同样变态的爱，这样才能均衡。”

他的声音小得几乎听不见：“可是现在的你不是当年的你了，我还是当年的我。”

我们俩尴尬地坐了一会儿，他露出一个开朗的表情说：“你可以下车，也可以报警。既然我已经跟你坦白了，你要是没报警抓我，我很有可能控制不住自己，继续在路上远远地跟着你。所以劝你还是把我绳之以法吧。”

我弱弱地说：“我报警个屁。警察叔叔忙着罚款发财还来不及呢，谁有工夫管我这个破事。”

秦朝说：“你再不下车，我就开车了。1，2，3。”

他发动了车子。他嘴角挂着一丝若隐若现的微笑，说：“太好了，你没有我想象中那么生气。”

我没力气跟他生气，也没看到非要装作很生气的必要性。甚至于，在想到以后不会再这样偶遇了之后，有一丝丝的失落。

偶遇这件事情让我罪恶感没有那么深重。我和秦朝是偶然遇见的，根本没有约好。大家相识一场这么巧遇见了，何苦避而不见对不对？我何尝不是想要看看他，想要跟他说说话呢？

秦朝开着车，早已经偏离了送我回家的路。

我说：“去哪儿啊？”

“高翔山。”

“你这是要把我拐到山里卖了的节奏吗？！”我作势要开门下车。

秦朝笑着说：“卖也得往偏远山区卖啊，给你卖到高翔山上，我收了钱你又自己坐公交车回家了，人家买主不得到消协去告我啊。”

又相对两无言。我默默地想，我跟毛峰从来不会有这种仿佛空气都凝结成了冰果冻的气氛。毛峰是一个多么不会给人压迫感的孩子啊，他只要崩溃大叫或是委屈皱眉，就能给人以无穷无尽调戏他的灵感。我跟毛峰的对话虽然毫无营养，对这个世界的发展不会有任何推动作用，但是这种奇思妙想的创意幽默难道不是这个世界的另一种财富吗？

我自己心里的天平跟张晓婉的天平一样，在不知不觉之间，缓缓倾向了毛峰。

我又想起秦朝的未婚妻。

他的这个我素未谋面的未婚妻，在我的想象中是一个温婉善良、贤淑柔弱的长发少女，说话轻声细气、做事情轻手轻脚。她既然决定把自己嫁给秦朝，心里一定是很爱他的。话说回来，秦朝这样的男性，但凡是女青年又有谁能不爱呢？

那么秦朝这个禽兽，他从心里到底是怎么看他的未婚妻的呢？他怎么能这么理直气壮地装作和别的女人偶遇呢？他既然打着还爱我、还想我、想我想得受不了的旗帜，又何苦要意志坚定地准备结婚呢？

我出其不意地问："秦朝，你和你的女朋友还好吗？"

他面无表情，迅速回答："就那样。"

我说："什么叫就那样，你好好给我讲讲。你女朋友是什么样的人？"

秦朝长长地叹了一口气，说：

"两年之前，我好不容易磕下来一笔大单，结果执行的过程中因为公司其他部门配合不力的问题，差点出大问题了。客户那边的大领导揪住我们公司的错处不放，不但要撤单还要我们赔款。我去公关这个大领导的时候认识了我女朋友，就是他的女儿，当时只是希望能跟她说得上话，让她帮我使点力。那个单当然是没撤，顺利地执行完了，没想到一来二去我和她越来越亲密。我觉得恋爱谈得久了不好，所以就求婚了。”

我们已经沿着山路开到了高翔山山腰上的一块绿地上。秦朝停下车，说：“她的父亲是个手握重权的领导。我承认我也有私心。我女朋友是广告行业的，跟她父亲管理的业务不搭边。他手上的资源也没办法交给女儿。而这些资源都是我最需要的。”

我说：“你说的这些乱七八糟的都跟你女朋友是什么样的人没关系啊。”

秦朝说：“她是个心眼不错的人。其他的，她是什么样的人我都无所谓。这种婚姻不就是这样吗？各取所需。她需要我，我需要她爸爸。”

他叹了一口气说：“我也没有想到还会碰见你。我也没想到我居然还是这么爱你。”

我们俩坐在绿地上，抽着烟，晒着下午的太阳。

他讲述的关于他女朋友的这一切，都无关于爱情。仿佛这只是一场单纯的交易。可是，从他讲这个故事的态度来看，我没有看出来他一丝一毫想要为了我放弃这段婚姻的意思。这种认知让我羞于开口去问他。

秦朝说:“小五，你的话少多了。”

我的话少多了，是因为我莫名地觉得秦朝离我远了。他硬闯进我的生活，将我心里的回忆全都翻腾起来，就像一个储藏室里堆满了旧物，突然一大铲子在里面胡乱搅和一番，书页翩翩，尘土飞扬，旧裙子的旧香味扑面而来，令人仿佛一瞬间回到穿着那条裙子的那个晴天，眼前滑过虚无的阳光。

可是后来他反复翻搅。古人云:上杆子不是买卖。

曾经我非常非常想念他的时候，每天走在街上都在幻想他能从哪个角落里蹿出来，每天都在想象遇见他的话先说什么好，穿什么衣服最好，万一穿得烂透了那就糟糕了。

坐在山上，空气好到爆。秦朝就坐在我身边。可是我却在想:即便我的生命中再也没有秦朝了，应该也没什么关系。我甚至在想，找一天可以跟毛峰一起来这个山头上坐坐，实现我们一直在嚷嚷却没付诸实现的骑行之梦。

我和秦朝相对无言地开车回了市区。天色已晚，霓虹初上。他把我送到离我住处不远不近的一个路口，不至于侵犯到我的隐私，又刚好可以让我一个人安全地散步回家。

秦朝停了车却不吱声，他咬着他食指的关节望着窗外。

我说:“那我走了。”

秦朝突然说:“小五，我以为你也还爱我。我始终觉得你爱我跟我爱你是一样的。我始终觉得无论你身边的人是谁，你心里的人总会是我，跟我一样。”

我缩回已经抠上车门的手，咬着嘴唇坐回座位上。

秦朝说：“我马上就要结婚了。你跟我分手失去联系的这一段时间，我觉得没有你也无所谓，我适应了现在的生活，适应后来遇到的人，我觉得总会好起来的。可是最近我才慢慢想明白，支持我这么多年过着这种无聊生活的只有你，因为我心里有你，因为我还抱着能跟你见见面说说话的希望，仅此而已。”

我咬着嘴继续不知道说什么好。

秦朝转头看着我许久，一脸几乎是哀求的表情说：“小五，你说点什么，你别对我这么冷淡。我心里都慌了。”

我用十分缓慢的语速说：“如果我是你面对无聊生活唯一的心理支柱，你为什么不想把我从别的男人那儿抢过来呢？为什么从来没有那么一瞬间，想过重新跟我在一起，堂堂正正的，不是偶尔见见面说说话，不是偶尔在犄角旮旯里亲个嘴儿呢？为什么还在准备结婚呢？为什么没想过要娶我呢？”

秦朝可能没想到我会把这一番话说出口，他没有回答我，我也没有抬眼看他是什么表情。

我过了一会儿继续说：“我知道你想说什么。你想说，徐小五你不要这么孩子气，这个事情没有这么简单。我也知道你说的没这么简单是什么意思。你爱我或许是真的，你对我的认真就像十八岁的时候你对我的认真是一样的，即便你对我的爱是你无聊生活的支柱，也没有重要到要打破你现在生活的规律，要改变你的生活轨迹，也就是说，我没有重要到可以断送你的前程。”

前程这种话题对男人来说恐怕是一种侮辱，秦朝刚张嘴想要反驳，我就打断他说：“或者咱们可以不需要聊得这么敏感，换一个角度来说，你之所以没有想要因为我取消婚约，是因为你说的无聊的生活、平淡的婚姻这一切都根本没有你说的那么无聊。你的女朋友是个好姑娘，你的事业蒸蒸日上，你的性生活和谐如意。你只是在一大盘奶油馅饼上非要加上一个樱桃罢了。”

随着我非常顺畅地说出这一番话，我慢慢觉得我心里的疑惑都解开了。并非关于秦朝是怎么想的，秦朝要做什么。而是关于我自己。我已经有了毛峰，他对我这样好，他这样坚持在等我爱上他。可是我却在心里的深处念念不忘着秦朝。我难道不是非要在奶油馅饼上加个樱桃的货色吗？！

从幼儿园开始，毛峰从来没有离开过我的生活。他或者在我身边撒欢跑闹，或者在我旁边咬着笔做作业，或者在我身边一手推着自行车一手托着篮球，或者一个电话随叫随到喝酒约炮。正因为他从未离开过，所以我并不知道他的珍贵。

虽然如此，实际上在我心里计划好的未来里，每一天都有毛峰的角色存在。

我想起张晓婉的话：真正的爱是细水长流、天长地久。

我和秦朝各自一言不发一段时间之后，我默默地下了他的车。走啊走啊，走到我一拐弯他就看不到我的时候，我回头看了一下，秦朝的车还在那里。

这天晚上毛峰回到家，我锅里煮的乌冬面已经濒临出锅。毛峰耸着鼻子叫道："这什么怪味儿啊！"

我举着血淋呼啦的汤勺儿得意扬扬地出来迎接他，说："韩式奶酪辣牛肉乌冬面，香吧？"

毛峰娇嗔一声说："哎，呀！你把汤都滴在地上了！"

我异常傲娇地转身回了厨房，毛峰蹲在地上一脸焦虑的表情，尚未沿着我的行进轨迹把地板擦干净，我便已经端着乌冬面走出了厨房。

除了一大锅热气腾腾的乌冬面（里面炖着豆腐、花蛤、牛肉片和豆芽），桌子上还摆着四样小菜（辣白菜、辣萝卜、腌黄姜、凉拌菠菜）。这简直是一幅美不胜收的风景画，我陶醉地掏出手机拍了个照发了朋友圈（给亲爱的做的爱心料理），听到后面一声哀号："徐小五！你是在厨房里打仗了吗？！"

这个浑蛋迎接着貌美如花身穿可爱围裙的我，桌上摆着令人垂涎三尺的韩式美食，竟然臭着一张脸委屈地坐了下来。

我心想没关系，原谅他，于是说：“亲爱的，我给你做了你最爱吃的韩式料理，这不是简单的料理这是我对你的爱呀！”

毛峰说：“徐小五我打小就最讨厌吃韩国料理，我他妈吃朝鲜冷面呛到过，你别告诉我你不知道！”

我置若罔闻地说：“啊，好香啊，开动喽！”

毛峰怒视我十秒，深深叹了口气说：“哎，这要是一碗牛肉面多好啊……”

听到此处我忍无可忍地摔了筷子吼道：“老子生平第一次做韩国料理，老子容易吗？你给点面子能死啊？！老子不是你丫的女神吗？现在是女神下面给你吃，你竟然不赶紧跪舔？！”

毛峰可爱的脸露出一丝鄙夷说：“女神？谁家的女神叉着腿看电视，一边抠脚一边放屁啊！”

我也不知道自己为什么这么气不打一处来。我伸手夺过毛峰的碗说：“去去去自己出去吃驴火烧去！”

毛峰乐呵呵地说：“哎呀，你怎么生气啦？哎哎哎，给我呀，我还一口没吃呢！”

总之，我精心酝酿的气氛（暂且不谈我本来想酝酿什么气氛）就这样被毛峰打破了。我们俩你一句我一句地吵着架，火爆地吃完了乌冬面，然后我一边啪啪啪地抽打着毛峰的胳膊，一边看他异常艰辛地收拾厨房，然后我们俩又吵了一架，我说要看《蓝莓之夜》，毛峰嚷嚷说看什么《蓝莓之夜》啊，三秒钟之内就睡着了，不光不爱看《蓝莓之夜》还他妈不爱吃蓝莓呢，一边说一边就找出《银魂》来，我正要抽死他的时候电视上耸立起阿姆斯特朗回旋喷气加速式阿姆斯特朗炮，何等诱人，只好躺在沙发上用心欣赏，一口气看了二十几集，又莫名其妙地熬到了凌晨，两个人困到踉跄，蹒跚地爬去睡觉了。

我梦见一场远古时代的恶战，龙骑士们穿着破旧的兵甲严阵以待，等着恶龙来袭。乌云压境，遥远的荒野边境有巨大的闪电劈下来。天色越来越黑，若隐若现的轰鸣声渐渐逼近，现场的气氛也紧张到极点，我身边站着的那些英俊的骑士一个个脸皱成包子，犹如一群狼一般恶狠狠地面对着轰鸣声传来的方向。

就在我浑身的肌肉紧绷到极点的时候，突然一声巨响险些将我吓尿。随着这声巨响，一切都陷入了黑暗，我一个人站在彻底的黑暗中惊慌地四处寻找刚刚还在的那些骑士，可是他们都不知所踪。为什么只剩下我一个人？这可怕的巨响是什么？它为什么久久不停？

脚下如坠深渊，我突然醒来，花了好几秒的时间才反应过来，梦中的巨响原来是他妈手机的声音。我赶紧摸过手机，黑暗中秦朝的名字在手机上闪闪发光。

我瞄了一眼毛峰，他像往常一样钻在被子里安安静静地睡着。于是我穿着内裤，揣着手机，蹑手蹑脚地奔到阳台上，接起电话来小声说：“你有病啊？这么晚干吗给我打电话啊？”

“……徐夏，我给你打个电话都不行了吗？！你这么小声干吗？你怕那个傻逼听见啊？！”

秦朝喝醉了。他的声音是他在酩酊大醉时候的声音。那时候因为我们频繁地吵架，他受不了就会喝到失控，然后对我吼一些平时绝对不会说出来的话。我跟他说过，他喝醉了之后有点可怕。他说可怕吗，那些都是掏心窝子血淋淋新鲜出炉的真心话啊！

虽然当时非常感动，可是现在我不知道面对酩酊大醉的秦朝能说点什么好。心里甚至冒出“真他妈烦，大半夜的发什么疯”这样的念头。我说：“你这是喝了多少？”

连我自己都听出来我的厌烦在语气中满溢，可是秦朝却置若罔闻。他说：“你给我出来，我在你家楼下。”

我心里只是想：真的假的？！我说：“你别闹了，这么晚了，赶紧回去吧。”

他说：“别他妈给我来这套！你下来，我有话要跟你说！”

“你还有什么话要跟我说啊，快别闹了，你家里的媳妇多着急啊！”

秦朝大吼：“你他妈不是想跟我结婚吗？你不是问我为什么不跟你结婚吗？我他妈让你知道知道我随时都能跟你结

婚！我现在就给她打电话，分手！”

“……你真的在我家楼下？”

“废话。”

我压低声音说：“等我几分钟。”

我在黑暗中穿上衣服，扭头看了一眼毛峰，确定他香香地睡着毫无察觉，然后轻手轻脚地开门下楼。看了眼时间，四点十八分。

秦朝果然在我楼下。他手里提着一瓶二锅头，坐在我家楼下花坛的边沿上。

下楼的时候我的脑子乱七八糟。

秦朝要分手，他会为了我分手。他不是玩弄我的感情，他并不是热衷于婚前勾搭，他真的会娶我。

乱七八糟的不是这些，而是：那又怎样，我又没想真的跟他结婚。

我脑子很清醒，可是同时又非常困，两者交合令我头晕，有一种还在梦里很不真实的感觉。

我看到秦朝穿着白天那件衬衫，扣子扯开三四颗，几乎要露出肚子来了，他是那么颓唐，在路灯下仿佛还能看到眼珠通红。

我记起很多年以前，我和秦朝吵完架，他也是这样先在电话里对我大吼大叫，然后再这样一脸颓唐地坐在我家楼下。虽然有点害怕，但是我总是很心疼他。我总是会把他的头抱在怀里。他会在我的怀里说出一大堆“掏心窝子血淋淋新鲜出炉的真心话”。

比如他说，小五，我这辈子是认真要娶你的。

他第一次说要娶我，也是这样醉。

我走到他身边，还没开口，秦朝就一把抱住我。他酒气熏天，头发里有没洗澡的糟糕味道。他的手臂又粗又有力，他把他的脸紧紧埋在我怀里。

我叹了一口气，犹豫了一下，还是摸了摸他的头发。

秦朝说：“小五，你今天的样子真吓人啊。我觉得你心里一点都没有我了。怎么可能呢？小五，怎么可能呢？你说我只是想找你寻寻开心，天地良心，小五。我简直不知道怎么跟你说才好。”

我柔声说：“秦朝，你先松手。你松手，听我跟你说。”

他只是更加抱紧我。

我说：“我只是想说，你的生活过得是不错的。你并不是没有我不行。咱们两个分开这么多年，先不说心里怎么想，我们的日子总是顺顺当当过下来了。我们只要不遇上对方，一切都定下来，顺理成章，无论怎么看都是不错的人生。有一个哲人说过，激烈的爱情是幸福生活的锦上添花，少了也死不了人的。何况爱情这种东西，怎么都不可能激烈一辈子的，要么划归平淡，要么消失不见。”

秦朝突然抬起头，他的手指甲掐进我的肉里，真他妈疼。他的眼睛里都是红血丝。

“你说什么东西消失不见？！”他阴森森地低声呵道，声音听起来好像呜呜威吓的狗。

我忧伤地看着他。

秦朝深吸了一口气，真诚地看着我说：“小五，嫁给我好不好？你答应我，我现在就给她打电话。”

我忧伤地摇了摇头。

“你他妈摇头是什么意思？！”

我小声地说：“我不想嫁给你，你也不需要给她打电话……”

秦朝还没等我说完，就站起来吻了我。他力气大得吓人，他的唇齿好像拳头在殴打我的口腔，扑面而来浓浓的酒气。他的手扯着我的头发。我被他好像花生皮包着花生豆儿一样紧紧裹在怀里，甚至没办法抽出手来推他一把。

秦朝向后扯我的头发，结束他的吻，他看着我低声说：“是因为毛峰对不对？我他妈就知道是因为这个浑蛋。你跟我在一起的时候肯定跟他有猫腻。下午跟我见面之后你就给他做什么爱心晚餐，你当我是傻 × 吗？！”

我有点被秦朝狼一样的表情吓到了。我说：“你是想打我吗？”

秦朝愣了一下。

我定了定神儿说："你掐得我好疼。"

秦朝缓缓松开手。

我从他怀里溜出来，他踉跄了一下，我又不由自主地扶他坐下。

秦朝坐在那里愣了一会儿，说："我实在喝多了。"

我弱弱地说："我看出来了……"

他垂着头坐了一会儿，猛地站起来说："我回去了。睡一觉起来就好了，你就不是这样的了。"

我呆呆站在那儿，看着秦朝一步一摇地向小区门口慢慢走去。

四点四十，我又轻手轻脚回到家里，看了看毛峰蒙在被子里睡着。我真觉得恍若隔世，刚才到底发生了什么，一无所知，一片空白。

第二天起床的时候，毛峰已经去上班了。

奇怪的是，从五点到起床的这一段睡眠，我一直都在梦见毛峰，梦到和毛峰去一个有温泉的古老的小镇玩，他穿着塑胶拖鞋和大裤衩，手里提着毛巾走在我旁边。整个梦里我们说话买东西、吃饭聊天，梦里的小镇阴着天，空气潮潮的仿佛马上就要下雨的样子。但是直到我醒过来，也没能走到那个能泡温泉的地方。

我起来，吃完饭桌上毛峰留下来的早饭，摸起手机给毛峰打了个电话。

我从来不没事给毛峰打电话，也很少给毛峰发短信。短信一般都是些逗比的内容，除了问毛岩松在不在家，我没有什么事情是要打电话跟他说的。

今天不知道为什么，我就想跟他说说话，想听听他的声音。

但是他却没有接，过了一会儿给我追了条短信，说在开会，有事儿微信说。

我把手机搁在桌子上，念叨：小骚蹄子上班还挺忙。

毛峰开完会就会回电话给我的，我想。

于是我端着咖啡靠着窗棂，看外面街上人来人往、车水马龙，中午的太阳晒进来暖暖的。于是很不幸，跟昨晚一样，我还是搞不清到底发生了什么。

我很想把这些事跟张晓婉聊一聊。可是不知道从什么时候开始，我就像被贴了符咒，再开不了口跟她说秦朝的事了。

我又想，不然去找杨逍吃饭。可是转念一想，杨逍这个浑蛋要去度假，目前正在长达十二小时飞行时间的飞机上。

我长到这么大第一次拥有一桩无处诉说的心事，这让我的内心异常焦灼，只好坐下来继续看《银魂》。

直到这一天的晚上七点多，毛峰才回我的电话，他说：“我今天晚上不回去了啊，我回我爸那儿住！”

我嚷嚷道："为什么啊？"他说："别逗了，我回我爸家住有什么好问为什么的啊！"

我说："你干吗不回我电话啊？"他说："我忙着呢，不是让你微信说吗？"

我说："我不管，你明天再回你爸那儿不行吗？"

他说："我都跟我爸说好了！你乖一点吧你！"

这个事情其实很奇怪，正常情况下毛峰说要回毛岩松家住我都仅有一句"哦"作为答复。今天这是怎么了？我想。毛峰不回来住，导致我心里的焦灼愈演愈烈。

再也受不了了，我打电话给张晓婉约她出来吃饭，她说："别逗了大姐，这都几点了还吃晚饭啊？"她又问："你怎么了？"

我怎么了？按说没什么事啊。

我跟张晓婉笑谈了几句挂掉电话，又陷在沙发上，陷入无限的焦灼之中。

我心想：谁都好，跟我聊一会儿天吧，随便聊什么都可以。

我忧伤地躺了半个多小时，别说是有人找我聊天了，连朋友圈都没人评论我。

我懊恼地把手机大力扔到床上，心想：爱谁谁！

俗话说：你等的那个人总是会在你放弃希望的时候来找你。我的手机在跌在床上的一刹那突然响了起来。

我心花怒放地爬起来去接电话，心想：毛峰你小子总算察觉到老娘不对劲了！还知道给我打个电话，孺子可教，没白疼你！

可惜拿起电话来，却是我妈。

接起电话喊了声妈，没有声音，我又喊了几声喂喂喂，才听出电话那头有隐隐约约的哭声。

“妈，你怎么了妈？！你家里的女鬼欺负你了？！”

我急速地换好衣服冲出家门奔进我妈的家，我妈已经不哭了，非要从烂桃儿一样的眼睛里挤出一些笑容来。

我说：“我的亲娘我的祖宗，你到底是怎么了，大半夜的哭哭啼啼的吓死人了！”

我妈说：“我没事，没出什么大事。”她的话音里包含着鼻涕滚动的声音，哑哑的，说话异常艰难。

我说：“没事哭成这样？这是更年期加剧的节奏？”

我妈说：“小五，你讨厌，我就是想你了。”说完，大滴大滴的眼泪又滚了出来。她走过来抱住我，我一头雾水，也只好抱住她拍了一拍。

越过我妈的脑袋，我看到茶几上放着一张光盘的壳子，封面上写着：小月收。

我一边推开我妈扑过去，一边嚷嚷说：“这是什么？！”

我妈不好意思地说："是你爸给我的。他下午下班之后说要来看看我，给我带了点水果，然后就把这个留给我了。"

我爸说想最后争取一次，看来说的正是眼前的这次行动。看我妈梨花带雨的这个样子，效果还是不错的。

我问："妈，你跟他说你要结婚了吗？"

我妈说："本来正好他要过来，我就想顺便告诉他，结果他来了就急着要走，我也没来得及说。"

嗯，策略是很不错的。装作不知道她要改嫁，也就不会落下抢别人老婆的口实。

我说："我爸还会弄光盘？挺牛 × 的呀。"

我妈一边抹着眼睛一边说："别说脏话。"

我妈声称要给马阿姨打个电话就钻进房间了，我知道她是不好意思在我眼前看着光盘哭天抹泪儿，于是我就一个人坐在我妈的客厅里，把光盘插了进去，开始欣赏我爸的杰作。

影片开始，是我爸的一段自拍。他对着镜头很不好意思，搔首弄姿了几秒，然后说：

"小月，我有好多话想跟你说，可是咱们这么长时间没见面了，我肯定说不出口。想来想去呢，还是决定做成片子给你看。咱们闺女现在已经是做片子的小牛人了，我是她老爹，我可不能甘拜下风啊，哈哈哈。"

他傻笑了一会儿，突然想起来什么，严肃地说："不过，做这个片子绝对不是我和小五串通好的，绝对不是小五给我做的。”他又不好意思地哈哈笑了几声说：“一会儿你看看这水平，也能看得出来不是小五做的。”

【尴尬的沉默，五秒。】

“小月，咱们俩离婚已经挺长时间了，具体多长时间我也不记得了，你知道的，这些东西我始终都记不住。可是我记得这段时间我一直都过得挺难受的。有一阵儿我总是有幻觉，总觉得你没跟我离婚，而是正在厨房里炒菜呢。那阵子我总听见你在家里的脚步声。有什么风吹草动，总觉得是你。每天早晨睁开眼，总是先想，哦，小月先去上班了。过一会儿才想起来，哦，小月已经跟我离婚了。”

【我爸又呵呵地傻笑了一会儿。可是我的眼眶却潮湿了。】

“后来我就开始想，咱们怎么就离婚了呢？咱们俩结婚这些年，我从来没有想过一次，也从来没想过能有这样的可能性，有朝一日咱们俩会离婚。我仔仔细细地想了好多遍，最后一天你跟我说过的那些话。可是我直到最近，才慢慢想明白你说的那些话的意思，才开始想清楚你为什么会那么说，我是做了什么才会让你那么说。”

【这个时候徐小国吧嗒吧嗒跑过来，冲他叫了一声。我爸说：“起来起来，不是刚遛过你了吗？爸爸在干正经事呢！”】

“呵呵你看这孩子。”我爸说，“等会儿我把它关到厨房里。”

【我爸离开了镜头，空拍一个沙发。背景音是我爸对小国叨叨的声音，还有小国被关起来之后挠门的声音，我爸穿

着拖鞋吧嗒吧嗒回到沙发上。】

“我都忘了说到哪儿了，真是的，咳咳。小月，我是个什么样的人，天底下没有谁比你更清楚了。你之所以跟我离婚，是因为你太了解我，也太清楚江山易改、本性难移这件事情。可是呢，说到底，我却不是很清楚你到底在想什么。因为你很少跟我说。我呢，总是想当然，也总是习惯于你在我身边陪着的生活。我根本没有用心去了解你。”

【他难以启齿地红了脸，挠了挠头说：】

“你见过小卓，年轻女孩子，我跟她来往的这段时间，了解了很多很多事情。比方说，我结婚这么多年了，却从来都不了解女孩子的性格和想法。我自以为对她没做什么过分的事情，她却经常火冒三丈。即使如此，我也只觉得头疼，根本没想去了解她到底在生气什么。因为她一天到晚发脾气，我原先觉得姑且来往看看，也渐渐觉得实在是不可忍受了。可是跟她断了来往之后，我又通过她，想起了你。她经常生气，每一次又生气得那么厉害。我想过去你是不是也这么常常生我的气，只不过都忍耐下来了，那你究竟忍耐了多少次啊。

“说起忍耐，我经常很想给你打个电话，我一个人过日子，也经常有事儿得问问你。但是我总是忍耐下来了。所以我才感觉到，忍耐一件事情有多不容易。我才发现我这辈子，实实在在没有忍耐过什么事情。忍着不给你打电话都这么难受，要是非要忍着不发火，心里又得多难受。”

【他沉默了三秒左右。】

“小月，你记得小五小时候咱们家有个摄像机吗？当时那些录像你可能好多年没看过了，我来带你重温一下咱们俩年轻时候的画面。”

【我爸非常做作地伸出一只巴掌来。】

【录像带里的影片进行了粗略的剪辑，呈现出各种各样我妈三十多岁时候的身影。在混杂的背景音之外我爸还加入了音乐，选的竟然是《军港之夜》。虽然剪辑粗糙，画面又模糊又颤抖，但是从那些一个接一个的跟拍和特写镜头里，完完全全能感受到我爸对我妈的感情。】

【影片结束，镜头切换回我爸的脸。】

“小月，我很少很少夸你长得好看。我也从来没跟你说过，你好看不好看，我根本不在乎。这些年以来，我总觉得你是我最亲的人。既然是最亲的人，那你无论长得好看还是难看都无所谓。我跟小五说过，其实你打扮也好不打扮也好，我根本看不出来，可是其实有一次，我觉得你特别美。”

【我爸从茶几上拿起来一张老的彩色照片，笨拙地伸到镜头前面。照片上我妈穿着病号服，外面披着个外套，一脸苍白疲惫，披头散发地抱着刚刚出生还是又红又皱的我。】

“小月，你生小五的那天我不在你身边。这是我第二天来看你的时候拍的照片。当时看见你抱着小五的样子，我觉得天下没有谁比你更漂亮了。”【他不好意思地笑了一下，】“我找出来好多老照片，你要是有空可以回来咱们一块看看。”

“小月，我这个人又笨又自私，可是当初你肯嫁给我，肯定是因为我还有点优点。我觉得咱们就算离婚了，还是可以当老朋友的。我也想好好地重新了解你一次。呃，我想说的就这么多，再见。”

【我爸伸手过来关掉录像机，黑屏。】

我这天晚上跟我妈睡在一个床上，两个女人穿着睡裙，把胳膊垫在后脑勺下面聊天。小七盘在我的小腿上睡得很香，暖烘烘的。

我妈跟我聊起了很多以前的事。她说到我爸刚刚离开厂子进了公司时，大家都说他傻，放着铁饭碗不要，非要下海蹚浑水。她说：“你爸跟我聊他的想法，我只说，你特别想干就去干，咱们都还年轻，就算你干砸了，不过也就是吃几年糠咽菜。当时有好多老同志来找我，让我好好劝劝他。我劝他干什么呢？你爸想做的事情，我从来不拦着他。”

我冷冷地说：“结果我爸果然砸锅了吧，我记得。”

我妈乐呵呵地说：“是啊，年轻气盛，又刚从国有厂子出来，哪能一上来就干得好呢？一开始他一个月的工资只有两百块钱。最困难的一次是你的幼儿园学费实在交不上了，我一着急就去把头发卖了。”

我记得清清楚楚，有一天我妈回到家，变成齐耳的短发，还把我吓了一大跳。

我妈说：“我当时也年轻，晚上就跟你爸抱怨了几句，结果你爸火了。他说是我撺掇他下海的，现在又埋怨他。当时我实在伤心坏了，哭着睡了。”

我冷笑说：“我爸真是二百五啊！”

我妈说：“可是那天半夜醒来，我发现你爸背对着我悄悄地哭呢。我想了半天才想明白了，他发火不是因为生我的气，是因为生他自己的气。他看见我卖了头发，原本心里就不舒服极了，我又跟他抱怨。他那个时候压力多大啊，又觉得对不起咱们俩。就他那个脾气，不哭才怪呢。”

我妈说起我爸的语气就像说起自己的儿子——我的意思是，又像她以前说起我爸的时候一样，好像在说自己的儿子。

她说：“其实我跟你爸结婚这二十多年快三十年，说是一直在忍耐，也不是爱面子，也不是因为你，其实是因为我心里清楚你爸的秉性。他每做一件招人讨厌的事儿，背后总有他的委屈和他的好意在。他不说我心里也知道。”

我说：“那你干吗还要离婚啊？”

我妈沉默了一会儿，小声说：“不是因为更年期嘛。”

我瞪着眼睛，看着黑暗中电源插座的小红点，没说话。

我妈过了好一会儿才自己默默地补充：“还有因为你毛叔

叔啊。”

就这样，这个待嫁新娘终于提到了她的未婚夫。

“妈，你是不是没法跟毛叔叔结婚了？”我轻声地问。

我妈没说话。过了一会儿，我看见她在黑暗中抬起手来抹了抹眼泪。

我能感受到她对毛岩松的感情。每当她和毛岩松的关系走到无可继续的地步的时候，她都会陷入消沉的情绪中。她不但喜欢他，而且也觉得对不起他。

我叹了口气，说：“妈，你要相信毛叔叔是个可靠的人，也是个通情达理的人。你要勇敢地跟他说清楚你的想法，他会理解你的，说不定还会给你出主意的。”

我妈说：“做人怎么能这样不断地伤害别人呢？”

我说：“你不坦诚的话，说不定更伤人呢。”

还在我妈家里的时候，秦朝给我打了个电话，被我挂掉。他又给我发了短信，问我是不是真的想好了。

还有什么可想的？秦朝，你到底想干什么？

秦朝说，只要我说，我愿意跟他结婚，他就马上跟未婚妻分手。

可是我愿意吗？

我不愿意，我没有一点点想要跟他结婚的想法。

他不是我这么多年一天都没有忘记的男人吗?

坐在我妈家里，看着秦朝的这一条短信，我突然醍醐灌顶，大彻大悟。这么多年，我念念不忘的并不是秦朝本人。

我念念不忘的，是当年和秦朝那样激烈相爱的日子，是我自己不顾一切的青春时光。

可是那些日子毕竟已经变成历史长河的一瞬间，毕竟已经远去了。

我终于，要彻彻底底地跟自己的念念不忘告别，跟秦朝告别。我给他回复了一条信息，告诉他我的想法，然后拉黑了他的全部联系方式。而毛峰，我伤心也好，疯癫也好，都白白嫩嫩做好饭陪在我身边的毛峰，是我此时此刻，郑重地为未来的自己选择了的人。

这么一想，一想到晚上又可以见到毛峰，我生平第一次因为毛峰而产生了心慌气短的感觉。回去的路上我又打了个电话给毛峰，结果丫又没接，又给我回了个短信说在开会。小骚蹄子他妈的有这么忙吗？！我心里想。

过了两分钟手机响，我心想：小骚蹄子还他妈知道打回来！掏出来一看，不是小骚蹄子，是他爸。

我又打了个车奔赴到我妈和毛岩松的单位楼下，跟毛岩松喝下午茶。

我故作开朗地说：“身为领导这么明目张胆地逃班喝茶，这样真的好吗？”

可怜的毛岩松，始终都是稳稳当当的、温文尔雅的，我从来没见过他这么憔悴的样子。他的皮好像一下子老成了纸，捅一下能捅出一个大洞来。

面对我的调戏，他还是勉强挤出一个苦笑来，说：“小五啊，我到手的鸭子又飞啦。”

尽管状况凄苦，我们俩还是被这句话逗得都笑了起来。

可怜的老头捂着茶杯望向窗外。我注意到他向来一丝不乱的花白的鬓角有一撮头发支棱起来。老头这种生物真的非常奇妙，每当他们心情沮丧的时候，总有鬓角或是后脑的头发支棱起来，以表示他们的沮丧。

他说：“我心里知道你妈对我始终没有那么深的感情，无论如何都没法跟老徐比。她答应跟我结婚，也只不过是想名正言顺罢了。”

他可怜巴巴的样子真差点把我整得哭出来：“这样也好，就算她嫁给我了，心里总也还是有老徐的。”

他深深地叹了口长气，垂着眼睛看着茶杯说：“我做事实在不稳妥啊……早知道可能会有今日，还是不要这么不理智。这么一搞，连老朋友都做不成了嘛。我马上就要退休了，以后可是连看都看不见喽。”

我觉得马上就要哭出来了，只好低着头不说话。

毛岩松看了我一眼，说："你看看你干吗哭丧着脸，这不是你应该高兴的事吗？傻丫头。"

我说："我是应该高兴，可是偏就高兴不起来。"

我和毛岩松第一次面对面不知说啥好。过了一会儿我吸吸鼻子说："毛叔叔，你也别怪罪我妈。她跟我爸将近三十年的夫妻。俗话说：两块铁放一百年还能融合到一块儿去，何况是两个人。他们俩本来也不是没感情，我爸现在说这种话，我妈心里不乱才奇怪呢。"

毛岩松说："这些我当然都知道，我一点也不怪她。"

我又低下头。

毛岩松慢慢地、小声地说："我本来想，结婚之后带你妈去欧洲玩一趟的。我想带她去巴黎看罗浮宫，带她去意大利的米兰、佛罗伦萨，带她去希腊的爱琴海边，带她去看土耳其，带她去布拉格。这些都是她说过她想去的地方。这回可是去不成喽。"

他缓缓地又说了一遍："去不成喽。"

这天晚上七点多了，毛峰才回到家里。我说："你今天怎么这么晚啊？"他说："我自行车掉链子了，只好搁在路边，坐车回来又堵得要死。"

他拎着一堆菜就进了厨房，我屁颠屁颠地跟上去说："这么晚回来还做饭啊？咱们出去吃驴火吧？”

他说：“你神经病啊我菜都买了不做都坏了，多可惜呀。”

我就在厨房里跟他一块儿做饭。

我说：“我妈今天悔婚了。”

毛峰愣了一下，过了一会儿说：“哦。”

“你就这么点反应？既不问我为什么又不关心关心你爸？”

他说：“明天我再去看看我爸去。”

毛峰于是很机械地转过脸去做饭：“小五，你最近有没有什么事要跟我说？”

我愣了一下，说：“有啊。我刚才跟你说了，你说：‘哦。’”

毛峰说：“哦。”然后他停下手，放下菜刀，缓缓地说：“我还是去看看我爸，老头儿这辈子第一次失恋，别再出点什么事儿。”

我心里有点失落，不过心想他说的也没错。

毛峰出了门，留下一厨房刚切了一半的菜。我不知道为什么心里空荡荡的，自己做饭没意思，也莫名地不甘心自己出去吃驴火，就给张晓婉打电话让她过来吃饭。她说：这都几点了还吃饭？！

这一天的深夜，我给毛峰发了个短信，问他毛叔叔心情怎么样。

毛峰回了一个短信，说，小五，咱们分手吧。

我给张晓婉打电话的时候，泣不成声，心里害怕得不知道怎么办才好。

我说："晓婉，毛峰要跟我分手，我给他打电话他怎么都不接。"

晓婉空了几秒说："那你最近觉得有什么不对吗？"

我说："没有啊，没什么不对啊，怎么突然就要分手呢？"

她说："那你觉得能有什么原因？"

我的心里其实非常害怕是因为秦朝的事。难道毛峰发现了什么？难道他误会了什么？可是如果他发现了的话，我和秦朝发生的这些事，难道真的可以算是他的误会吗？

我说："没什么原因啊，我没干什么啊。"

张晓婉不说话了。

突然，我觉得四肢都冷了，可是脑子异常清醒。

我想起昨天晚上毛峰说要回家陪毛岩松，我给张晓婉打电话吃晚饭，她说这都几点了还吃晚饭。当时才七点多，一点都不晚。

所谓女人的直觉就是，在这个时候我想起了这个细节，所以我百分之一百地确定，昨天晚上毛峰其实是和张晓婉一起吃的饭。而且他们两个齐心合力瞒着我。

我说："张晓婉，你是不是知道些什么？"

张晓婉还是不说话。

一股火焰直冲我的大脑，我颤抖着双手挂了电话。

挂了电话，我浑身抖得厉害，满世界地找烟。可是偏偏这个时候，家里一包烟都没有了。我披上衣服下楼去买烟，走到小卖部，烟都拿在了手上，却想起自己没带钱。我蹲在地上号啕大哭起来。所有的悲愤和被人迎头痛击的惶恐，还有干了亏心事后心里的害怕，一齐冲向我。我把小卖部的大叔吓坏了，他说姑娘你这是怎么了？我大吼着说："老子就是想抽根烟，有那么难吗？！"

我趴在膝盖上，我的眼泪已经浸湿了裤子的时候，有一只冰凉的手摸了我的头顶。

我抬起头来，一支烟烟嘴朝我，呈现在我眼前。

我现在不想看到张晓婉，她圆圆的可爱的脸是那么讨厌，那么那么的讨厌。可是偏偏她手里的那根儿烟确实格外的可爱，令我无论如何不能够在这个节骨眼儿不理她。

我走在前面，张晓婉走在我身后。我走得飞快，简直是想要甩开她的节奏。可是她穷追不舍，跟着我进了我家。

她不但带来了烟，还带来了一打啤酒。我迫不及待地撕开一罐啤酒，咕噔咕噔地灌了大半罐，火辣辣的晕眩感立刻就弥漫开来。

若说张晓婉最可爱的地方，就在于她总是能在关键时刻带给别人肉体上的极大满足。

毛峰不也是这样吗，冬天的小棉袄，夏天的小席子。

想起毛峰我的心就绞痛起来。我想撕了张晓婉，可是又懒得跟她说话，于是就抽着烟沉默。

张晓婉毫不客气开诚布公地说：“那天你坐在秦朝的车上，毛峰看见你了。”

我好像被雷劈中，眼睛都看不见了。

可是张晓婉继续在说：“晚上他给你打电话的时候毛峰就醒了。然后你下楼跟秦朝私会，跟他搂搂抱抱还亲嘴儿，毛峰在楼上都看见了。”

我无言以对。

张晓婉不依不饶地说：“毛峰多希望一切都是误会啊。他心想，只要你主动跟他说了这些事，那就都是他的误会，无论你怎么扯都好，只要你主动说出来，他就相信你。只是他没勇气听你用嘴说，希望你发短信跟她说，可是等了一天，他说他的心都快熬烂了，也没等到你说一个字。”

我继续无言以对。

张晓婉说：“所以昨天晚上毛峰来找我了，晚上睡在我家的。”

我的眼前何止是一片漆黑。我眼前是比黑还要黑，十八层地狱还要下一层的地狱。

我说：“你滚出我家。”

张晓婉说：“想当年你说你相信我，就算我和毛峰睡在一个床上你也相信我们。”

我冷冷地说：“想当年你说，无论我发生什么事，你都站在我这一边。”

这句话令张晓婉也无话可说。她点了一根烟，狠狠地灌了自己一大口啤酒。

我觉得眼眶火辣辣的，什么眼泪都没有。

我和张晓婉各自狂灌自己啤酒。几分钟之内各自喝掉三罐，酒劲很快就全部涌到头上。

我看着她说：“我让你滚你怎么还不滚啊！”

张晓婉说：“你要不要脸啊？我住在这儿给你的房租还没用完呢，你他妈凭什么让我滚啊？”

我说：“那我滚。”

正要踌跚站起来，张晓婉说：“你他妈能去哪儿啊？谁他妈愿意收留你啊？”

我大吼说：“张晓婉你不要欺人太甚啊！”

张晓婉说：“你这么大反应我倒是挺新鲜的，你不是随随便便就能跟毛峰分手吗？现在分了手你不是还有秦朝吗？”

我被她气哭了，就跟刚才买烟没带钱的时候一样，号啕大哭了起来。

我说：“你他妈多长时间不搭理我了，你他妈怎么知道我现在是怎么想的啊？我好不容易跟秦朝都断干净了，我他妈跟你解释的着吗？你凭什么睡我的男人啊？你丫不是号称绝对不睡姐们儿的男人的吗？你他妈就是个骗子！你他妈就是个打着女汉子旗号的绿茶婊！”

看到我醉酒的情况下一边咆哮一边乱扔着手边能够到的东西的样子，张晓婉叹了口气，拉我坐下。她说：“你为什么不跟我说呢？你为什么不告诉我你和秦朝断干净了？早点告诉我，我就帮你说说话了，我实在是以为你脚踏两只船。”

我大吼说：“我是那样的人吗？”

张晓婉说：“你凭良心说你难道不是那样的人吗？”

有些时候我真的懒得对每句话都生气。我喘着粗气又开了一罐啤酒。

我说：“我不敢跟你说秦朝的事。我总觉得你越来越偏向毛峰。越是这样，我越不敢跟你说。”我抽抽搭搭地说：“还不是怕你瞧不起我吗！”

张晓婉不说话。

我把最近跟秦朝发生的事，从偶遇到绝交都乱七八糟地讲了一遍。

张晓婉还是不说话。

说了这么多话，我觉得心里好受一点了。最起码我跟张晓婉说清楚了。她不会觉得我是个婊子了。总有一天，我也能跟毛峰说清楚，毛峰也会原谅我。我们还是像原计划一样在一起，结婚、生毛小峰。

可是原计划中，我们妈和毛岩松结婚之后形成的幸福的四口之家，已经破灭了。我想起毛峰哭哭啼啼地说，我以后有妈妈了，不禁又开始哭个不停。

一切都是因为我。我把毛峰方方面面的幸福都毁了。

张晓婉说：“小五，我理直气壮地跟你说。我确实从来不睡姐们儿的男人，不但不睡，也不会喜欢。这点自制力还是有的。”

我抽泣着点头说：“我相信。”

她吸了口气说：“可是打一开始，我就没怎么把毛峰定义成你的男人。”

我的心又被一把攥紧。

她说：“你对待毛峰的方式，和你当年对待秦朝的方式根本就不一样。你对他就像对我，就像对待哥们儿、对待朋友、对待姐们儿。我没看出来你爱他，也没看出来你有跟他共度一生的计划。”

她说：“我只是觉得他挺可爱挺逗的，我和他聊得来也玩得好。导致慢慢地，每次你们俩出点什么事儿，我都越来越偏向他。

“我喜欢上他，其实就是昨天晚上的事。小五你知道，我最心软，看不得一个大男人伤心欲绝的样子。”

我觉得自己坐在个冰窟里，不但冷，而且也没有氧气。

张晓婉说完了，她好长时间没有说话。或者说，从那句话之后她又说了什么我都听不见了。

坐在没有氧气的冰窟里，我缓缓吟了一首诗：

善恶终有报，
天道好轮回。
不信抬头看，
苍天饶过谁。

吟完这首诗，我就无声地吐了。

八（番外篇之一）

南方有一个小城，居民百分之七十都有南方少数民族血统。这个小城小到没有谁和谁互相不认识，也没有哪两家人互相不知道对方祖宗八代的各种八卦。

这个小城祖祖辈辈种茶，家家户户条件都差不多。除了个别特别特别好吃懒做的之外，很少有谁特别出挑。

可是偏偏小城里就出了一家子出挑的——这家人做快速消费品发了大财，在小城里被传来传去，已经被传得富过比尔·盖茨，高贵超过英国王室。

这家的男主人从北方外省娶了一个长得很漂亮的媳妇。实际上这个小城的人很少跟外省人结婚，就连考出小城的大学生，大部分也都是毕业回来，在家乡选一个媳妇。

因为娶了漂亮的媳妇，自然也就生下了漂亮的女儿。这一家的女儿长得有多出挑呢，她五岁那一年上了街，路上的男男女女就被她的漂亮给震慑到了。有老人断言，她是送子娘娘的投胎转世，她的美貌赛过天上的神仙。有算命的说，这闺女是个童子命，是太上老君身边的玉兔被打下凡间变成的，回头偿了业障，就要回天庭去。于是她有钱有势的爹急坏了，花了一大笔钱做了法事。后来这个女孩子越长越普通，远不如小时候拥有那么惊人的美貌，于是也就健康活泼地活到了二十多岁。

原本她的父亲给她取名叫张玉庭。这刚好应了算命的说的，身为玉兔，将回天庭，太不吉利了。算命的说：女人家温婉贤惠乃是最重要之事，越是贤惠，越是平凡，不如在名字里取一个婉字。于是就改名叫了张晓婉。张晓婉从零岁到十八岁，都生活在这个小城。她的母亲乃是一个小清新，经常带她出国。日本、欧洲、美洲、澳洲，可是走遍世界，最后也还是要回到这个小小的城市。在这个小城里，张晓婉曲高和寡，没有一个像样的朋友。她从小学到高中，都和小城里普普通通的孩子们上一样的学校。她总是眼睁睁地看着他们那些小朋友撒欢儿一起玩，说无聊的笑话，玩弱智的游戏。天知道她有多么寂寞和羡慕他们。

所以她十八岁那一年，拼了命地想要考到上海的一所大学。可惜她高考失利，被南京的一所高校接住。她后来经常跟徐夏说："我要是再高三分，三分！我就不会认识你啦。"

徐小五是她第一个朋友。有时候她觉得，她也会是她最后一个朋友。

她是那么喜欢徐小五。因为她既不嫌弃张晓婉长得好看，也不嫌弃她家里有钱。张晓婉说："你知道什么叫童子命吗？

我小时候长得漂亮翻了，人人都说这么漂亮又机灵的孩子肯定活不长。你看我现在长得不错吧？这已经是丑多啦。”

徐小五语重心长地说：“那是因为你本来叫张玉庭，人家算命的依据你的名字编的故事，目的，就是讹你们家的钱。”

张晓婉生气地说：“那个算命的根本不知道我叫张玉庭！”

徐小五说：“你不是刚说你们那谁跟谁都认识，还说你可有名可有名了，结果算命的不知道你叫张玉庭？”

张晓婉火冒三丈道：“你他妈能不能洗洗袜子啊！”

张晓婉最喜欢看小五坐在椅子上，把脚丫子踩在上面，抱着一个膝盖上网的样子。她也喜欢跟小五出去吃烤串、喝啤酒。喝得醉醉的，说一些不着边际的话，要么在路边嘎嘎狂笑，要么咧着嘴号啕大哭。

作为一个土豪和一个小清新的女儿，张晓婉从来没有活得那么自在过。

徐小五根本不知道张晓婉是多么地喜欢她。她也并不知道张晓婉在心里是多么地下定了决心，要一辈子珍惜她。

她向来把小五的事当作她自己的事，为她着想，为她着急。徐小五在深夜里伤心得睡不着，张晓婉一样睡不着。对面床上微微的啜泣声，好像被放大十倍二十倍。

因为徐小五毫无节操地，点点滴滴向这个富二代少女不断灌输“基佬天下第一”“屎尿屁是王道”之类的理论概念，张晓婉有一段时间认真想过自己是不是拉拉，是不是她一直都爱小五，是不是她对小五的爱根本不是朋友的爱，而是火热的拉拉之爱。想到最后她悚然一惊。如果连小五都不是她的朋友，她可能注定永远都不会有朋友了。

从此她再也不去想自己是不是个拉拉之类的问题。

大学毕业之后，她回到家乡，只待了几个月，就觉得生不如死。于是她死皮赖脸地央求父母要去北京发展。她威胁她的土豪爹说：“不让我去，我就当个同性恋给你看！”

于是她臭不要脸地拖着箱子住进了徐小五的家。

张晓婉从知道什么叫“第三者”的那一天起，就下定决心，永远不当第三者。

大学时代的徐小五在这方面比她激烈得多。有一次她们俩喝高了，照着网上一个帖子，在宿舍画了个符，诅咒所有的第三者都意外身亡。

在世界上如星辰般那么多的第三者当中，最不要脸、最最不要脸的就是抢自己朋友的男人那样的第三者。所以张晓婉摸清了徐小五喜欢的男人的类型之后，便立刻向相反的方向发展。

徐小五喜欢黑皮肤、身材健壮、胸怀宽厚、声音低沉、胡须浓密、体毛厚重、身上怎么洗都会飘出男人味的男性。

依循如上定律，张晓婉所能喜欢的男人，就只能是 gay 了。

俗话说，谁也不知道人类的自我暗示有多么牛×。张晓婉慢慢地真的开始喜欢这类型的男人。其中有一个，她苦苦暗恋。她多么迷恋他脚步轻盈，表情清冷，雪白的皮肤在阳光下仿佛透明，微黄的细细的发丝在风中飘扬，手里抱着一个暖壶走过学校里茂密的蔷薇花丛的样子。后来他跟一个法律系的体育特长生开始拉着手散步，徐小五知道后笑得涨红了脸差点憋死，张晓婉伤心欲绝。

所以，张晓婉认识徐夏之后的人生，基本上都是围绕着徐夏在进行的。虽然后来她又结交了很多其他的朋友，一样可以喝酒撒欢，一样可以互开玩笑互呼巴掌，但是徐夏是跟她一起因为少女的情殇坐在湖边哭过一夜的人，是她心疼得哭个不停紧紧抱在怀里整夜的人。旁的姑娘即便再怎么逗比，也比不上徐夏。

然后，有一天晚上，徐夏和张晓婉绝交了。

张晓婉已经喝醉，她回到自己的出租屋，把自己闷在被子里。

她们俩谁也没说要绝交这样的话，她舍不得说，小五也一样舍不得说。只是张晓婉踉踉跄跄站起来要走的时候，小五一句话也没有。

她们俩的家相距八公里，深夜里只要十分钟车程。在出租车上张晓婉哭不出来，她只是醉眼迷蒙地看着窗外的灯火，心想：这是我和小五最后一次一起喝醉了。

第二天早晨醒来的时候张晓婉觉得头很疼，想到自己还要去上班，忍不住骂了一句：徐小五你他妈倒是不用上班。

她觉得心里非常难过，可是却依然哭不出来。她走到镜子跟前，看到自己白白的皮肤都黄了，眼睛下面黑黑的，眼珠子满是血丝。

我再也不好看了，再也不用回天庭了。

这一天傍晚，毛峰给她打电话，她犹豫再三，虽然觉得自己又接起毛峰电话的这种行为若是被小五知道，一定会恶心得吐一地，可她还是接了起来。

毛峰哭哭啼啼地说："婉姐，我心里难受，你再陪我吃吃饭好不好？"

张晓婉叹了一口气说："毛毛，你心里难受，再找我吃饭也没用。你去找她吃饭，跟她把话都说开。"

毛峰说："我不要！"

张晓婉说："那我也不能再跟你吃饭。"

可是最后她还是去了跟毛峰约见的饭店。

张晓婉想来想去，觉得无论如何自己还是消失了好。她能为小五做的都已经做了，剩下来的只能是消失。

她以出国深造为理由辞了职，学了三个月英语，考了几次雅思，最后申请下来一个语言学校，也等到了她的留学签证。

在学英语的这段日子里，她每天大门不出二门不迈地窝在她的小屋里，每天只叫固定的外卖来吃。她留了一条状态叫作：闭关学习，谁也不理。于是关掉手机，掐掉网线，就像乌龟冬眠进了自己的壳。

因为营养不良和缺乏锻炼，在拿到合格的雅思成绩那一天，她病倒了，发着高烧躺在床上，浑身发冷，只能尽可能地裹紧被子。她没有力气起床，没有力气去拿体温计。躺在被窝里，她烧得迷迷糊糊，突然想起她和徐小五在宿舍画的那个符咒——所有小三都去死。她想，或许那个符咒其实是很灵的——画符咒的这两个人，但凡谁当了小三，就会死。

她莫名其妙哭不出来，心里骂着：小五你他妈才是秦朝家的小三，凭什么快死的人是我？紧接着她又在心里边哭边说：没关系，小五，我替你去死就好啦。

最后救她的人是房东太太。这位太太是因为张晓婉拖欠房租两个月，而且各种方式都联系不上，只好过来看看，结果听到里面传来沙哑的求救声。

房东太太给她熬了粥、喂了药、看了看嗓子，断定是扁桃体发炎。给她喝了一大杯温水，一个六十岁老太太还扶着她去了趟厕所。全程张晓婉都哭个不停，就像是水管裂了个大口子。

房东太太是个退休老医生，不但长得好看、气质高贵，而且还格外善解人意。

她说：“小姑娘，这是失恋了？”

还没等张晓婉说什么，她就和蔼地说：“是你的人，怎么都跑不了！”

最后张晓婉做了她这辈子干过的最丢脸的事——她抱住房东太太不撒手：“求求你，别走，再陪我待一会儿……”

她又想起当时徐小五因为秦朝不理她，抱着她的大腿不让她去上班。

徐小五鼻涕一把泪一把地号：“你别生我的气，你发誓不管我做什么浑蛋的事你也不能生我的气！”

凭什么呀？凭什么你就可以随随便便地生我的气啊？

这是她活到这么大，唯一一次寂寞和无助到这个地步。

屋里又剩下她一个人的时候，她裹着棉被喝着水，想起大学时候她生病。高烧三十九度，吃了退烧药，浑身喷泉一样冒汗。徐小五爬上她的床，解开她的衣服，用热毛巾一遍一遍地给她擦全身，一边擦还一边说：你的胸可真够平的。

小五，我好想你。

可是等她的病慢慢好了起来，她还是去取了签证，买了机票，离开了北京——离开了浩浩中国和徐小五。

这一年冬天，张晓婉裹着被子，喝着热可可，上网刷帖。突然刷到一个帖是这样写的：

标题：急求张晓婉的联系方式

正文：就这个组人多，我来求救啊，大家都是神通广大的人，麻烦帮我找一个叫张晓婉的，1.6米，可能是120斤，脸圆圆的，×城人，××大学毕业，××公司任职，现在在×国留学。请知道她联系方式的人告知我一下，我不是坏人，我是真有急事儿！感兴趣的网友，有本领“人肉”她的，热烈欢迎啊！

然后竟然还有一段喊话：

婉姐，我有话着急要跟你说，我说你过年总该回国的吧？我的手机号是：186********，看得见的话赶紧地给我回电话！

楼主的名字叫：毛三豆儿。

沙发是这么说的：楼主，你至于每个群都发吗？

张晓婉怒火攻心，抓起电话就拨了过去。对方刚一接起来，张晓婉就破口大骂：“谁他妈告诉你我120斤啊？你他妈瞎了狗眼啊！我他妈是120斤的人吗？你他妈还给我写网上，你他妈不想活了是吧？！毛三豆儿！”

第二年的夏天，张晓婉毕业了。她计划再留下来考一些实用的资格证书，不过总算获得了前所未有的空闲，可以多回国待一段时间。所以她就买了张机票回了国。

这三年来，她妈妈在电话里哭了骂、骂了哭，最后得出结论：你这死孩子，从小握筷子就远。一长大就跑得不见踪影，早知道就把你掐死算了！

她乘飞机回到上海，接着又转机到福州，然后又坐了个长途车回到家。回到家先是挨打，再是挨骂，然后把哭得上气不接下气的老娘哄好。接着是吃一顿接一顿的好吃的，然后又被她爸带着出去炫耀——

老子不但家财万贯，老婆漂亮，老子的女儿还是留洋硕士！差不多是这个意思。

待了快两个月，好说歹说，离假期结束还有最后一个星期时，她回了北京。

通知飞机降落的广播响起，张晓婉被一阵腹部的绞痛惊醒。

她梦见了徐小五。不知道为什么，在梦里她和小五都是幼儿，都是五岁。徐小五是她照片里的样子，穿着小棉袄小棉裤，两个人玩的游戏是“过家家”，眼下进行的步骤是“切草做菜”。张晓婉蹲在那里，把切好的草放进她的荧光绿色塑料小锅，用柠檬黄色的塑料小铲炒个不停，还煞有介事地放进各种调料。菜做好了，她有模有样地擦了把汗，对徐小五说：“孩子他爸，来吃饭！”

徐小五的回答是:“女士们先生们，本架飞机二十分钟后将在北京首都机场降落。现在的地面温度是零下三摄氏度，二十六华氏度。”

她腹绞痛着醒来。脖子僵痛，腿也麻了。广播里还在念叨鼻音奇重的中式英文，张晓婉知道了她这一阵腹痛的缘由。

小时候，因为是富家少女长得又好看，架子自然端得很高。每当老师要叫一个小朋友回答问题的时候，张晓婉都害怕自己出糗，总是会紧张到肚子绞痛。这种腹痛若是持续过久，比方说老师长达两分钟都没有叫一个别的小朋友，她就会拉稀。

她告诉自己:快三十了，别丢人了。

张晓婉出国留学的这三年，没有退掉她租的那个房子。她按时交纳房租，并且拜托房东太太帮忙照料。房东太太说:我租给别人，等你回来我再把他推掉就好，你何苦白白交着这一笔钱?

张晓婉只是乐呵呵地说:没事没事，我有钱。

她打了个车，回到她的小屋。拖着箱子往里走，发现楼道里的灯坏了。她突然觉得不对劲。黑影里站着一个人。

张晓婉正要吓尿，只听那个人冷冰冰地开口说:“张晓婉，你挺沉得住气啊!”

她被徐小五和毛三豆儿两个人连拉带扯地拖去吃饭。可她只觉得心里不舒服。明明什么话都没说明白，为什么大家要装作什么事都没有的样子坐在一起吃饭?

她说：“毛峰，你之前跟傻×一样发帖说我一百二十斤，想跟我说什么？”

小五叹了一口气，放下筷子说：“张晓婉，你太牛×了。你怎么能关机三个月然后拍屁股走三年啊？”

张晓婉不说话。她觉得有点想哭，可是又隐约地生气，只沉着脸不说话。

毛峰拉扯小五说：“咱们不理她，先吃完了再说。”

吃完饭，小五跟张晓婉一起往家走。在路上，小五说：“我跟你就吵过那一次架。吵完之后我想了很久。总算想明白了很多事，也想明白了你做很多事的原因。”

徐夏站住，拉住了张晓婉的手。

“张晓婉，我那么生你的气，其实不是在吃毛峰的醋。”

张晓婉又哭了。

她在徐小五伤心的时候，无数次地把小五抱在怀里。终于有一次，她等到了被小五抱住。

拥抱着她的徐小五温柔地说：“女士们先生们，本架飞机二十分钟后将在北京首都机场降落。现在的地面温度是零下三摄氏度，二十六华氏度。”

“所以你确实是意淫和暗恋了我很多年了。”小五一边嚼着烤馒头一边说。

“别他妈闹了，我这不是给你讲我在飞机上做的梦吗！”张晓婉用牙齿撕下一块鸡肉，搭配着嘴里的烤蒜，口齿不清地说。

“你丫要是没有意淫过我，是绝对不会做这种梦的！”小五想了想又说，“当年我把你扒光了给你擦汗的时候，你是不是整个人都嗨起来了？”

张晓婉正在撕扯鸡骨头，尚未找到时机张嘴，徐小五就摆摆手继续说：“没关系，没关系。我这个人啊，没有节操，来者不拒。你喜欢我也不是不可以，我可以在肉体上满足你。”

张晓婉翻了个白眼儿说：“别说了，我求求你了，脑海里画面都出来了。”

张晓婉喝了口啤酒，然后重重地把啤酒瓶子往桌子上一顿，说：“所以你和毛毛到底是打算怎么样啊？一对成年男女，床头打架床尾和，我他妈怕你心里不舒服躲出去三年，你们俩至于这么多年还没和好吗？！”

徐小五说：“我跟你说，这傻×就是想树立自己的地位。他拽起来了我跟你说，这么多年我都看错了他，心想他多痴情啊，多可爱啊，多招之即来挥之即去啊，你能想象到他一拽起来就这么拽吗？哎哎，你打电话问问他，丫到哪了怎么还不到啊？”

张晓婉冷漠地说：“我给他打电话？你不会撕了我？”

徐小五说：“你他妈就是活该。什么叫‘昨天毛峰睡在我那儿’啊，你成心把好好的一件事情说得这么恶心人，你不是成心让我想撕了你吗？还有啊，‘我本来不喜欢他，直到昨天。你知道我最看不得一个大男人伤心欲绝的样子。’你他妈有病啊，有你这么误导人的吗？”

张晓婉说：“我不这么说你知道自己这么喜欢毛毛吗？我要是不这么说，毛毛能有机会享受你倒追他三年吗？”

张晓婉像是想起了什么似的，说：“去年过年前，你家傻 × 毛毛突然到处发帖找我，说有急事儿，丫说我一百二十斤，还说我脸圆圆的，我都快气死了所以压根也没听。他当时想跟我说什么啊？”

徐小五脸上闪过一丝天蝎女阴森森的微笑说：“当时毛峰装得可像样了。你知道他跟我说什么吗？他说：‘从那么一个瞬间开始，我对你彻底失望了。可能之前的爱只不过是童年的假象，或者是对好同学偶像崇拜什么的，真到了彻底失望的那一天，就彻底放下了。’让我别纠缠他了。”

张晓婉扑哧一声，拍桌狂笑：“毛毛太牛 × 了，怎么想出来的这种词儿！”

徐小五继续阴森森地说：“当时我就心想，小样儿，跟我玩儿这个。我就装作也特冷漠的样子，扭脸儿就走，对他异常冷淡了一个来月。丫急得跟神经病似的，又拉不下脸来求我，只好满世界找你。”

张晓婉一脸嗤之以鼻：“因为这种鸡毛蒜皮的破事儿满世

界污蔑我一百二十斤。我跟你说这人智商不太够，以后别生女儿，女儿智商随爸爸。”

说着，她手机收到一条微信。她叫唤道：“啊，应该是毛毛到了。”

可是她刷开手机之后，却鬼鬼祟祟地把它藏到了桌子底下。

徐小五立马感知到有问题，她伸手就抢，两个人打得天翻地覆。

拥抱着她的徐小五温柔地说：“女士们先生们，本架飞机二十分钟后将在北京首都机场降落。现在的地面温度是零下三摄氏度，二十六华氏度。

她腹绞痛着醒来。脖子僵痛，腿也麻了。广播里还在念叨鼻音奇重的中式英文，张晓婉闭着眼睛使劲地伸了伸腿，才发现，自己躺在一个男人的肩上，而且明明醒了，还是踏踏实实很不要脸地躺着，竟然还舒舒服服地伸了伸腿儿。

张晓婉像触电一样坐直，脸涨得通红。想了想自己快三十了，做事还是要成熟一点，于是就强迫自己大大方方地抬起头来说：“不好意思啊。”

眼前的男人皮肤有点黑，肌肉很结实。虽然明显认真刮过胡子，脸上还是有若隐若现的胡茬。他穿着干净的衬衫，可还是散发出令人倍感踏实的男人味。他的眼睛小小的，漆黑漆黑的，正在忍俊不禁地对着她笑。

这个男人望着脸红到好笑的张晓婉说：“都枕着我睡了一路了，不留个微信说不过去吧？”

九（番外篇之二）

1986年，北京。

毛岩松下班之后，从食堂打了两个馒头和一份西红柿炒鸡蛋，把菜盛在饭盆儿里，馒头盖在菜上面，端着饭盆儿往宿舍走去。

这一年他二十四岁，还是机床上的一个基层工人。一起劳动的同志中，他算是年纪大的，最小的才十六岁。

和他住在同一个宿舍的工人名叫吴长明，这一年十八岁，是个矮个子的小瘦猴。单位上考虑到毛岩松岁数大，排了个岁数小的跟他同屋，为的是有一天他找了对象结婚了，还方便把跟他同屋的人安排出宿舍去。

毛岩松回到宿舍，把短袖白衬衣解开，露出里面的白色跨栏背心，一边读《三国演义》一边就着西红柿炒鸡蛋吃馒头。他大嘴一张，松软的馒头被压得扁扁的，再弹起来的时候已经消失掉了四分之一。咬下了馒头，再用筷子往嘴里囫囵填进许多菜。食堂的菜，名为西红柿炒鸡蛋，其实鸡蛋早已被炒得老极了，只有几颗渣渣，简直找不到，更别提尝出味道。

毛岩松就这样含着一大口饭菜嚼着。这一大口饭菜显得他棱角分明的脸孔更加棱角分明。他四口吃掉一个馒头，不到五分钟就吃完了晚饭。他用暖壶往茶缸子里倒了些热水，端着茶缸子走到床铺边，倚在床上，整个过程中他的眼睛都没有从那本书上离开。

就这样一直读到天黑透了。宿舍外头传来一阵嬉笑骚动，看样子是厂里每周四晚上的交谊舞会散场了。过了一会儿，他的同屋吴长明破门而入。

毛岩松从书上恋恋不舍地抬起眼睛来，说："哎？你小子今天怎么这么兴奋？又看上哪个漂亮姑娘了？"

吴长明的确兴奋异常，他说："别提了！今天来了个新鲜的妞，可神秘了，长得可白了！你简直想象不到有多白，那小细腰，那长头发，那脸！你不知道，咱们厂的男的都快疯了，抢着要跟她跳舞。我啊，今天连薛颖花都顾不上看，光看她了！"

毛岩松不置可否地笑了一声。他是个出了名的正人君子，从不参与别的男青年背后议论女同志的话题，有时候听到他们议论得太过分了，还会站起来走开。那些爱起哄的男青年起哄，说毛岩松害臊了，毛岩松总是笑呵呵地说：我还有事，你们也干点正经事吧。

不过这一天晚上，虽然表面上不置可否，但是他心里却对这个女孩子有点兴趣，因为他打心眼里喜欢皮肤雪白、腰肢纤细的女孩子。他想问问吴长明这个女孩子叫什么名字，是哪个车间哪个科室的，但还是忍了下来。

吴长明听见远处传来女工们的笑声，陶醉地说："我好像又听见了她的笑声，丁零零，丁零零，就像永久自行车的车铃。"

毛岩松"噗"一声笑道："你能不能学点文化，哪有形容女孩子笑得像自行车铃的。"

吴长明一边往脸盆里倒开水一边说："你呀，别总端着了，下回一块去跳舞吧。你老是这个样子，我有了孩子你他妈也找不到对象，结不了婚！"

毛岩松只是笑着挥了挥手，继续埋头看书。

可是他却过了半小时都没有翻一页。

第二天中午，工人们一大群一大群地去食堂吃饭，还没走到食堂，就只见食堂门口围了比往常更多的人。吴长明个子小，像只蛤蟆跳个不停，想看个明白。他揪住周围的人问："怎么了？怎么了？打架了？"被问的大姐回答说："可不！"

吴长明伸长脖子问："谁和谁打起来了？"大姐把下巴一扬，她额头上的卷发随之飘了一下。大伙的眼光都顺着大姐下巴的方向看去，只见一个高个子男青年刚刚被人群从另一个男青年身上拔起来。他衬衫散乱，头发也乱了，满脸是汗，眼神就像一只狼。他把刚揍完人的拳头狠狠一甩，他敞开的白衬衫就像雪鸮的翅膀，在身后飞扬。

大伙都听到他吼道：“你他妈再指我一下试试？老子打不死你！”

被打的男青年身材有些胖，他脸上既有青紫，又有血口子。他气急败坏地爬起来，口不择言地喊：“我 × 你妈！”

于是打人的男青年又像狼一样扑了上去。

这两个人打架挡住了食堂的门。过了一会儿，厂里的领导都来了，党委书记也来了，好几个人事科的大妈也来了，他们苦口婆心地把两个人分开。打人的男青年被大妈们架住拖走，可手还指着那个胖子，脸上的表情嚣张极了。

人们议论纷纷，毛岩松站在人群中，就像在平时排队打饭一般平静。

这个嚣张的人他认识。说起来满厂没有人不认识。他叫徐建国。厂里有人打架闹事，十有八九是他。大到侮辱了祖国或是解放军，小到用手指了他一下，他都能跟人家打起来。可是偏偏大伙都喜欢他，他一张嘴，全是笑话。他回回都寻衅滋事，有一回还约了上百个工人去长安街跟别的厂的工人打群架，可却极少受到处分。

每回周四的舞会，这小子总是出尽风头，尤其是薛颖花，最喜欢嗑着瓜子，扭着屁股，跟在他旁边乱转，这令吴长明愤愤不平。

可毛岩松却不以为然。这个徐建国，口才一流，嘴又甜，又会哄人，这也是他的本事。

突然间，毛岩松的视线定在了远方。

他看到一个女孩子，扎着两个长长的麻花辫子，穿着白衬衫、蓝裙子，稳稳当当地走过来。她手里抱着钢饭盆，目不斜视，和被一大群大妈押架着的徐建国擦肩而过，就像没有那么一回事似的。厂里树影斑驳，阳光打在她脸上，就像未名湖的波澜，反射出金色的光来。

她的脸上没有一丝笑容。说白了，她的脸上没有一丝表情。她就像整个世界都跟她没有关系，她只要把穿着小白鞋子的脚一步一步地踩在斑驳的阳光上。

和毛岩松一样，被大妈架着的徐建国，眼神追随着这个女孩子，直到整个身子都拧了过来。

别提他俩，被架在另一群大妈胳膊上的胖子、走在大妈们身边的党支书、堵在食堂门口的男青年，全都目不转睛地看着她。

“就是她。”

身边传来吴长明细不可闻的声音。

等这个女孩子像一条灵巧的银鱼一样钻进食堂，周围的男青年才一齐炸了锅。

昨晚去过舞会的都认识她，没去舞会的全都沸腾起来。

有的说：“老子以前怎么没见过这么个美人儿？”

吴长明说："她是昨天才来上班的，跟薛颖花一个宿舍。"

"啊……美人儿怎么这么喜欢扎堆儿。"

"哎，你说是这个好看还是薛颖花好看？"

"不一样，不一样。"说话的人很不耐烦，"你说红烧肉好吃，哈密瓜也好吃。你他妈比得出来哪个更好吃？"

众人都觉得很有道理。

"这个姑娘啊，一看就是个文化人。薛大姐呢，你看那做派，你看那姿势，你看那屁股，你看那奶子……"

毛岩松一听到"奶子"两个字，立刻下意识地别过头去。

"要我看，新来的这个，奶子也不错。你没看刚才走路的时候，一颤一颤的……"

毛岩松心里一股无名火。这些人向来口无遮拦、污言秽语。他们只知道屁股奶子，却看不到她独特的气质。他们这话弄脏了她，这让他心里恼火极了。

这时候他想：如果是徐建国，一定一拳接一拳把这群人都打倒在地上。

他突然间异常羡慕起徐建国来。

厂里的男青年，总是一阵歪风接着一阵歪风。过了没有多久，厂里又调来的一个领导的女儿，成了新的风向标。

毛岩松心想：倒是风情万种的薛颖花，这些年地位屹立不倒。

可是自从他第一次看到那个女孩子，心里就忘不了她了。

他渐渐琢磨出她每天走路的路线，悄悄地跟在后头，只是为了多看她几眼。他晚上还经常梦见她。梦见她笑着跟他说话，雪白的一双手比比画画，就像两只小精灵。

盛夏渐渐地接近了。毛岩松发现自己几乎是着了魔。他最盼着每隔一天，她去洗澡的日子。他总是先躲在澡堂子后头的黑影里，等她出来就跟上去。

有时候他跟在她后面走，他喜欢看她头发上的水一点一点弄湿她后背的衣服，最后弄湿她的裙子。这么一来就能看到她肌肤的颜色，看到她屁股的形状。路灯一盏接一盏，她的身体忽明忽暗，看着无比的刺激。

有时候他跟她相对而行，擦肩而过，为的是近距离地闻到她身上的香味。

夏天她总是在身上涂六神花露水。许多女工也涂这种花露水，可是不知道为什么，涂在她的身上就是不一样，就像她生下来就带着这种香味儿一样。毛岩松也去买了一瓶，洒在床单上。然后躺在那里，幻想着不符合马列主义精神的事情。

自从见到了她，他的那本《三国演义》就停留在《诸葛亮智算华容　关云长义释曹操》这一章节，再也没有被翻过一页。可是，直到天亮前的风开始发凉，毛岩松也还没有跟她说过一句话。

八月的时候，毛岩松破天荒参加了一次交谊舞会。

一开始他谁也不邀请，只微笑着看着舞场里的人群。后来他开始邀请女工跳舞，然后发现自己没有一次失误。

毛岩松是很会跳舞的。他也很会打篮球、很会游泳、很会画画、很会写文章。只是这一切他都深藏不露。

舞会到了一半的时候，她来了。

她跟薛颖花一起来的。薛颖花穿着一条无袖的碎花连衣裙，她呢，没有像平时一样穿白衬衫，而是穿了一条漆黑的连衣裙。她也没有扎麻花辫，而是把长长的头发完全披散下来。因为白天总是扎着麻花辫，她的头发有小小的卷曲。

毛岩松完全看呆了，他不小心踩了舞伴的脚。

“哎哟！”怀里的女孩子轻轻叫了一声。

毛岩松连连道歉的时候，才看清怀里的女孩子长的是什么样子。

“没关系。我叫张晓秀，你呢？”

毛岩松回答了她，又回答了她许多关于他是哪个车间的之类的问题。

“我是锅炉房的。你天天喝的开水，都是我烧的，你们冬天用的暖气，也是我烧的。”女孩儿笑着说。

毛岩松根本没听见张晓秀在说什么，他只顾着拿眼睛在人群里紧紧追着她。

她和薛颖花在角落里一起坐下来，不出一会儿薛颖花就被人约走了。她身边站着个不知哪个车间的浑小子，把胳膊流里流气地搭在她的椅背上。她笑着跟他聊天，她从来没有笑成这样过。

怎么可以笑得这么讨厌。

怎么可以笑得这么美。

和张晓秀跳完这一支舞，毛岩松在角落里坐下来，只顾看着她。她和跟她搭话的小子跳了接下来的那一支舞。毛岩松目不转睛地等着她，那个男人的手紧紧搂着她的腰肢——柔若无骨、不盈一握的腰肢。她的双腿在黑色的裙摆下好像两条玉柱那样白。她的脚上穿着一双红色的塑料露趾凉鞋，毛岩松在人群忽开忽散之间，紧紧盯住她小小的、软软的脚趾头。

再下一支舞，原本坐在毛岩松旁边的人走掉了。就像鬼使神差一样，她走过来了，她一撩长发坐在了他的身边。

毛岩松感到自己全身的肌肉都紧绷了起来。他闻到她身上花露水的香味，仿佛还能闻到她头发里蜂花护发素的味道。他感到她的身上散发出来的热气向他一阵一阵扑来。

毛岩松觉得这一刻他好像已经等了一辈子，可是他却做不到开口跟她说话。

他握紧了拳头。

他觉得，只要一张口，冲口而出的一定是：你为什么要来跳舞？为什么不穿衬衫？

既然如此，还是闭嘴为好。

可是她却跟他说话了。她说：“喂，跳舞吗？”

跟她跳完这一支舞，她跟他一起走到场边，找了两张挨着的椅子坐下。毛岩松正想要跟她聊点什么，徐建国来了。他身后跟着好几个别的男青年。

真不知道为什么，他在人群中一眼就看到了毛岩松，老远就露出一个大大的笑容喊道：“毛岩松？难得在这儿看到你啊！”

真是奇了怪了。他们俩根本就算不上认识，只是有一次两个车间打篮球赛，在场上打过一次篮球。这一大群男青年就这样浩浩荡荡地围到了毛岩松的周围，他们嘻嘻哈哈，叫叫嚷嚷。

她被围在那里坐了一会儿，笑着对毛岩松说：“你这儿太热闹了，我先走了。”

毛岩松还陶醉在她的笑容里，徐建国说：“哎，别走啊，我认识你！你是不是叫卢月？”

“你小子当时就是他妈故意的。你小子心眼太他妈多。”毛岩松摇晃着食指，咬牙切齿地说。

徐建国惊讶地说：“老毛，我根本就不记得那天你也在啊。”

“别他妈放屁了，你一进来就喊我！你不就是看小月坐在我旁边吗，你这个老狐狸！”

那天的那支舞短得就像只有一瞬间，又像长得赛过一辈子。

毛岩松一次又一次回忆起，他把她抱在怀里，总觉得她站在那里那么矮，那么瘦小，用手臂揽过来又是那么柔软。一开始毛岩松浑身僵硬，几乎不会跳舞了。可是几步过后他就放开胆子。舞曲那么动人，他跳得又那么好。他怀里的女孩子多么香，她还笑盈盈地望着他。她的脸上有一层薄薄的汗，有几缕头发丝黏在脸颊上。他想帮她拿开，可又觉得这么看起来是那么美。他不禁加重了手上的力气，把她搂得更紧了一点。他感觉到她身上的曲线全都紧贴着他，他能感受到她的一切。他带着她满场飞舞，她微微卷曲的头发一会儿拂在她的脸颊上，一会儿又甩开来，露出她的脸蛋和晶莹的耳朵。他只顾得看着她，只顾得带着她跳舞。那几分钟的舞，他们没有谈一句话。

如果知道徐建国在几分钟之后就会横刀夺爱——如果知道徐建国今生今世都要横刀夺爱，他一定会更加抱紧她，一定要想办法跟她说一说话。他多跟她说几句话，兴许她就不会跟徐建国走了。

只可惜从那之后，那一场的每一支舞，她都是跟徐建国跳的。

毛岩松说不清自己心里是什么感觉。他又和别的女工跳了几支舞，又自己在场边坐了一会儿。可是他一直盯着她，她和徐建国跳得那么轻快，又和他聊得那么开心。这个油嘴滑舌的浑蛋小子到底对她说了什么？他为什么总是有那么多话可说？你看，他现在讲了什么下流的事，让她笑弯了腰。你看，他搂着她的手怎么那么不规矩，似乎又向下滑了几公分。

毛岩松再也看不下去了，他站起来离开了舞厅。

他在月光下疾步地走着，甚至没有发觉身后有脚步声和喘气声。直到有一只软软的小手拍了他的肩膀，他才惊讶地回过头。

是个女孩子，她跑得气喘吁吁："你走得可真快，腿长真是好。"

女孩笑着说完，就顺理成章地走到了他身边。

他花了好几分钟才想起来他以前跟她跳过舞，她还自我介绍过，说叫张晓秀，是锅炉房的女工。他是从她的絮絮叨叨里才慢慢回忆起来的。

"你不送我回宿舍吗？"张晓秀歪着头微笑着说。

毛岩松觉得很生气。他在心里深深地生了卢月的气，觉得她不规矩。所以有好几天，他都没有到从前那几个地方去偷偷等着她。

这个厂子方圆有几千平方米，工人成千上万。他因此也好几天没有见过她了。

有一天下班之后，他又到食堂去打馒头和西红柿炒鸡蛋，却看到徐建国和她也在那里。

她还是跟以前一样，穿着白衬衫，扎着麻花辫，在窗口打饭。徐建国缠着她，絮絮叨叨地对她说话。可是她跟那天晚上不一样，她绷着脸，一丝微笑都没有，不看他，也不理他。徐建国好像是着急了，伸出手来拉她，被她一巴掌甩开，快步走了。

徐建国也不生气，只站在那里笑呵呵地看着她的背影。

毛岩松感到心里一阵轻松。原来她不是那种随便的女孩子。

下班之后，跳跳舞，放松放松，实在无可厚非。

虽然这样想，可他却对刚才徐建国竟然想要伸出去拉她的那只手耿耿于怀。

一个上过学的男同志，对女同志动辄就动手动脚，作风真是有问题。这个时候他全然忘了自己盯着她屁股看的那些日子。他越想越生气，看着徐建国站在那里目送她背影的样子，真想冲上去揍他一顿。

可是他当然没有去。他是他，不是徐建国。

只是从那之后，他又开始每隔一天就到澡堂后面去等她了。

那一年秋天，厂里为了喜迎中秋佳节，办了一次才艺联欢会。工人们有的写书法，有的拉二胡，洋气的还弹吉他、吹长笛。毛岩松在厂里时间长，画画画得好是公认的，所以他被选为绘画组的评委。联欢会开始之前交上来的那些绘画作品，全都交到毛岩松手上。

他在那些画里看到了她的画。

她画了一张油画，是一盆白色的栀子花，颜色用得十分淡雅，表现力也很强。落款上没有写她的名字，而是写了一个英文名字。可是毛岩松就是知道这是她的画。这张画里的气质，跟她身上那种气质是完全吻合的。

在联欢会上，这张画被选为一等奖，而且还被报出了绘画者的车间和名字。她上台领奖的时候很是惊讶，怎么也想不明白，没有署名的一张画，是怎么被认出来是她画的。她还拍了身边的薛颖花一巴掌，责怪她泄露秘密。

他坐在场下看着她，只是微笑。他心想，总有一天，她会知道他的这一番用心。她会感激他对她是这么地了解，了解得深入了他的骨髓。

书法绘画才艺展览过了之后，是歌舞表演，倒也热闹得很。

演着演着，徐建国耀武扬威地上了舞台。他说："我今天给大伙唱一首歌，这首歌唱给咱们厂里最好的女同志。你们说她是谁呀？"

下面有一群男青年起哄道："卢月！"

徐建国得意扬扬地合着录音带唱了起来。

他的歌声是很好听的，浑厚、圆润、感情充沛。他唱了一首《莫斯科郊外的晚上》，在演唱的过程中，始终对她搔首弄姿。

她听到一半，就红着脸离了场。

场上的女工们都在说：“这歌唱得可真好。”薛颖花甚至在下面起哄说：“你别对卢月动歪脑筋了，还是跟我谈恋爱吧！”

引起了一片哄堂大笑。

毛岩松看不下去这样故作罗曼蒂克，就从场上溜出来，想去找她。

厂子里几乎是空无一人，他走了好一会儿，才看见她一个人在小路上背着手慢慢走着，穿着小白鞋的脚在地上踢踢踏踏。

他心想，这一次一定要走过去跟她说几句话。

可是脚步还没拔开，就听到一个洪亮的声音：“小月！”

他站在阴影里，看到徐建国从一连串的路灯下向她跑过去。

远远地，他听到她着急地低声说：“你别乱喊，被人听见该胡说了！”

徐建国朗声说：“大家都在礼堂里面联欢呢，谁能听得见啊。”

她说：“你以后再这样出洋相，我就再也不理你了。”

徐建国说：“这么说，我不出洋相，你就愿意跟我好了？”

她明显地红了脸，推了他一把，说：“你别胡说八道！”

徐建国说：“那你说，你跟不跟我好？”

“我不！”

“你不跟我好，厂里有成千上万的女同志想跟我好呢。”

她好像有点生气："那你去跟成千上万的女同志好啊，别纠缠我！"

徐建国开朗地说："可是我就愿意纠缠你一个人。"

说完，他一把把她搂进了怀里。

一开始她使劲地挣扎，可是渐渐地，竟然不再挣扎了。她把她的头枕在了他的肩上，她长长的麻花辫贴在他的胸前。然后他们又说了什么，毛岩松就一句也听不见了。

"你们知道吗，卢月跟徐建国好上了！"

吴长明就像一个新闻播报员，一天到晚都在散播无聊的八卦。

毛岩松真不想听这个话题，他尽量让自己集中精力在自己手上的书里。这回他看的不是《三国演义》了，而是《中等物理学》。

"真的假的？我还以为卢月看不上那小子呢。"

"有什么看不上的，徐建国家里条件比卢月好。"

"可是你看她前头那个冷冰冰的样子……"

"哈哈，你不懂了吧。女同志都是这样，先是冷你一阵子，然后再半推半就地跟你好。嘁，我还以为卢月多冰清玉洁呢，原来也是个势利眼。我家里要是条件那么好，我也能追上她！"

“说得有道理，你看她跳舞时候那个样子，看她扭的……”

“你们都他妈闭嘴！”毛岩松拍案而起，“你们在喋喋不休一些低级趣味的话题的时候，有没有注意到有些同志在读书学习啊？你们这么自私自利，怎么建设祖国？！”

这是他第一次，也是唯一一次在公众场合大发雷霆。

在场从十六岁到十九岁的男青年都吓呆了，他们赶紧收拾了书包和茶缸逃走了。

那段时间，毛岩松在业余时间里，除了打篮球，就是读书学习。小说和小报他都不读了。他学完数学又学英文，别人都说他这是要去考大学。

考就考，不管家庭条件怎么样，是金子就会发光的。他心里想。

他不愿意去看徐建国和卢月两个人在一起的样子，也不愿意听见任何议论他们俩的话题。可是无论走到哪儿，徐建国就像雨天的惊雷，怎么也躲不开。他总是在车间里听到起哄的声音：接新娘子去喽！也总是见到他在食堂里、在礼堂里，跟她贴在一起，拉着她的手，搂着她的腰。

他是一个不学无术的纨绔子弟，他根本就配不上她。毛岩松总是这样告诉自己，他或许只是玩弄她的感情，过不了多久肯定会抛弃她。或者，过一段时间，她就看得出他是什么人了，自然就会跟他告吹。

无论毛岩松怎么安慰自己，那两个人却总是出双入对，总是郎情妾意，一点也不见要告吹的影子。

毛岩松扔掉了他买的花露水。吴长明说：“还有大半瓶呢，你这不是浪费社会主义资源吗？”

毛岩松没好气地说：“大冬天的，用什么花露水。”

根据他们说，自打卢月跟徐建国好上了，她就再也不到舞厅去了。

她再也不穿那条黑裙子和那双红凉鞋了，毛岩松想。

可是徐建国呢，他不但仍然常常出入舞厅，而且还经常跟别的女工打打闹闹。

日子过着过着，就过到了第二年夏天。这一年夏天，毛岩松参加了一次高考，考上了北京钢铁学院。组织上对他的积极进取很是满意。他是党员，多年来又稳重踏实，于是党支部交代他踏踏实实地去学习，等回来就给提升到管理阶层。北京钢铁学院离厂很近，所以他还是住在他原先的宿舍，还是跟吴长明一个宿舍。

已经十九岁的吴长明个子分毫没长，摇了摇头说：“等你回来了，就是大干部，到时候就得把我踢出去，你一个人住一个宿舍喽。”

毛岩松难得笑呵呵地开了玩笑，说：“还是你一个人住一个宿舍吧，等我得到升迁，组织上肯定分我一套两室一厅的正规住房。”

有些时候，张晓秀会约他一起打乒乓球。她乒乓球打得不错，个子矮，也适合这项运动。打完球她总是问他要不要送她回宿舍，他觉得拒绝女孩子总是不好的，所以也每次都送她回宿舍。

张晓秀说：“你可真厉害，真的当上大学生了。天下还有你做不好的事情吗？”

我没办法跟卢月好。毛岩松心想。

他们打球的次数多了，聊得也就多了。

张晓秀说：“我妈还说呢，再过两年我再找不着对象，就要给我介绍了，让我赶紧结婚。”

她说这话有什么暗示，说的时候语气里何等的黯然，毛岩松一点也没有注意到。

第一次期末考试的时候，毛岩松考了第一名，全优。吴长明嚷嚷着要他请客，于是毛岩松约上车间里平时玩得好的几个男青年，一起去吃了一次涮羊肉。

毛岩松喝醉了。他虽然喝醉了，却没有失态，跟着大伙高高兴兴，有说有笑，回到厂里，叫吴长明先回宿舍，想一个人散散步醒醒酒。这个时候才感到，实在是喝多了。

他一个人走着，想到有一天，自己成了厂里组织阶层的人物，卢月就会注意到他。到时候他再追求她，她一定会答应的。

这个时候，他听到路边的树林里有窃窃私语的声音，酒醒了一半，赶紧躲了起来。

他看到卢月的长辫子。那条辫子就算是化成了灰，他也认得出来。

她在小树林里干什么呢？她总不会一个人在那里面吧？

紧接着他就看到了徐建国。

毛岩松走到了张晓秀的宿舍楼下，委托传达室的大娘帮忙喊她一声。大娘知道毛岩松这个人，刚成了大学生，是个先进分子，就高高兴兴地去了。

毛岩松领着张晓秀走着，他走得那么快，顾不上张晓秀是不是跟得上他。他也不说话，他一句话也不想说。他带着她走到了他的车间，晚上的车间里一个人也没有。

张晓秀说："呀，这里头黑乎乎的，怪吓……"

他还没有等她说完这句话，就把她扑倒了。

毛岩松的脑子里只想着卢月，只想着他刚才看到的那些事。他喝醉了酒，所有关于正人君子、先进分子的伪装，全部抛诸脑后。他满腔怒火化作激动的情绪，而当他回过神来的时候，定睛看到怀中的女人——张晓秀的神情是兴奋的，她的兴奋不亚于毛岩松的激动。张晓秀也是幸福的，她的眼中包含了毛岩松即使是在那个瞬间——那个惊慌的，又压根不愿将注意力放在张晓秀身上的瞬间——也能解读的情绪，那就是爱情。

从此，虽然他什么都没有对张晓秀说，可她就这样成了他的“对象”。她会给他打饭，每当为毛岩松打饭的时候，她必然会跟食堂的打饭师傅据理力争，直到给毛岩松的饭菜中有了她满意数量的红烧肉。她还会在他的宿舍楼下等他，笑眯眯地，等着跟他去跳舞，或者散步，甚至她还开始给他织毛衣。毛线太细，张晓秀又织得过于精细，导致春去秋来，毛衣缓缓地增长，只由一条领子变成了半件毛衣。

对于这样总是含着微笑的张晓秀，毛岩松却无法多看几眼。他也几乎不对张晓秀说话。他们在一起时，要么是张晓秀在喋喋不休，要么是双双沉默。可这一切，张晓秀却甘之如饴，她总是觉得那么幸福。每当毛岩松回过神来，看到张晓秀眼神中的幸福，便会感到极其不可思议。

几个月后的一个晚上，他又把张晓秀约到了无人的车间里。

可是在这样的时刻，毛岩松的心里却只有卢月。唯有他自己知道，他冲动地约了张晓秀，只是因为吴长明在床铺上喷了卢月身上散发的那样味道的花露水。

毛岩松想着卢月，想着和徐建国在一起的卢月。他想，她是受到了欺骗，甚至是受到了欺负。无论如何，她还是她。她还是那样的有气质，那样的有才华。

事后，他望着满面幸福滋味的张晓秀，心里却想着：她有对象，我也有对象。今后我们各自和对象告吹，再结婚，这多么公平啊！

转年的夏天，学校早早放了暑假。可是厂里没有假期，毛岩松为了好好表现，就没有回家，更没有玩乐。他回到车间里去工作，并且额外地读了一些和厂里技术有关的书。组织上还找他谈，说他应该学会劳逸结合，回家乡看望老人尽尽孝道，或是游历名山大川，也是更加了解祖国的好方式。毛岩松微笑着说，他的进修是为了更好地为厂里服务，为人民服务，要是长时间地停止劳动，技巧就会生疏。

这一天，毛岩松在宿舍里读书到天黑，才想起晚饭还没有吃。他就拿上饭盆和茶缸，打算去饭堂看看还有没有饭了。

走着走着，看见前面有一男一女在散步。那个男的，仔细一看，就是徐建国，可那个女的却不是卢月。看那身材和姿势，明明就是薛颖花。

毛岩松放慢了脚步，远远地跟着他们。只见他们相谈甚欢。薛颖花是个作风不正派的女同志，她说话的时候好动手动脚，说着说着，就勾起了徐建国的手。

毛岩松看得怒火中烧。他不相信薛颖花的做派，更不相信徐建国的做派。他打心眼里深深地为卢月感到不值。

他想去告诉她，可是他想起，她根本就不知道他是谁。

不管怎么说，背后讲别人总是小人行径。他告诫自己，她总会知道的。

没过多久，有一天晚饭的时候，他又在饭堂里看见徐建国和薛颖花在一块儿吃饭。当然，还有其他的男女青年，可是无疑徐建国和薛颖花是里头最活跃的两个人。他记起吴长明说过，想当初在舞厅里，薛颖花就总围着徐建国转。后来他明明跟卢月好了，却还总泡在舞厅里，这下真相大白了。

他心想："这两个人也太无耻了，竟然光天化日就这样卿卿我我。"

正想着，有个梳着两条长麻花辫的身影从他身边急速走过，刮起了一阵香气扑鼻的风。

卢月冲到那群男女那里，对徐建国说："这是我给你烧的汤。"

说着，重重地把手上的饭盆砸在桌子上，热汤全溅了出来。

毛岩松看见薛颖花妩媚地靠在了椅子上，还把胳膊搭在了徐建国的椅背上，挑衅地看着卢月。

徐建国呢，嚷嚷道："你轻一点儿啊，都洒出来了，你看看洒了我一身！"

卢月气得脸都涨红了，转身就走。走过毛岩松身边的时候，麻花辫的发尾扫过了毛岩松的脸。

毛岩松心里暗自得意。他早就知道会是这种结局。他只安心等着从吴长明嘴里听到徐建国和卢月告吹了的新闻，可是等来等去，等到了开学，却没有等到任何新闻。

“老徐啊，你还记得薛颖花这个人吗？”

“什么花？”

“你他妈少给我装蒜，以前咱们厂二车间的，跟小月一个宿舍的那个女的。”

徐建国想了一会儿，恍然大悟：“哦！有了那么点儿印象。”

毛岩松冷笑说：“你这个老弟，净会装蒜。那不是你的老相好吗？”

徐建国说：“老个狗屁的相好，我都他妈的不记得她长什么样了。”

“当时你不是整天跟她跳舞，又跟她一起吃饭散步吗？”

“跟我跳舞吃饭散步的女同志多了去了，我还能一个个都记得住啊？”

毛岩松说：“你要是真不记得了，我可真服你。连我都记得，那阵子你跟那个薛颖花打得火热，把小月气得半死。”

徐建国惊讶地说：“什么时候的事儿啊？”

毛岩松说了年份，又说了厂里前后的几件事，徐建国总算是想起来了，他说：“我记得当时小月总跟我吵架，可是吵的是什么事，我可一点也不记得了。”

毛岩松说："要换了是我，我绝不会让小月为了这种屁事生气。"

徐建国嘿嘿笑着说："你少给我来这一套。以后我也绝不会再让小月为了这种屁事跟我生气。"

毛岩松又好气又好笑地讽刺道："你真是他妈的信口开河。你再跟谁打得火热，小月又干吗要跟你生气？"

大学二年级的下半学期，毛岩松有一阵子，经常到北京图书馆去借书。他坐着 26 路公交车，摇摇晃晃一个半小时，来回奔波在 1989 年的北京街头。

有一次他坐在车上，听见有个声音叫他的名字："毛大哥？"

这个声音是那么悦耳，就像永久自行车的铃声。他不可置信地转过头，看见卢月站在他身后。

这一天是星期天，卢月没有穿白衬衫，也没有扎麻花辫。她穿了一条浅蓝色的无袖连衣裙，把头发披散着，在头上扎了一条同样是淡蓝色的丝带。

她那么时髦，又那么漂亮，漂亮得毛岩松一时竟然没有接话。

卢月微笑了一下，说："你不认识我，我是二车间的卢月。"

毛岩松尚未回过神来，也没听明白她的话。

我怎么会不认识你呢？

仔细一想，她又怎么会知道他是多么“认识”她呢？

他赶忙摆好一副笑容，说：“你好你好，我对你有印象。你画儿画得很好。”

卢月就在他的身边坐下来。那时候正是春天，公交车开着车窗。新长出来的植物嫩芽的味道，伴着公园里水波的味道，跟卢月身上的香味一齐向他扑来。他感到一阵眩晕。

他问：“你这是去哪儿了？”

卢月指了指手里的画夹，说：“今天天气好，花儿都开了，我到紫竹院去写生。”

毛岩松笑着说：“我们厂里也有很多好风景，你何必跑那么远。”

卢月说：“难得跑远一点，散散心。”

说着，她打开画夹说：“毛大哥，我们都知道你。你画画又好，又是大学生。咱们厂里，没有人不知道你的。你帮我看看这些画吧。”

毛岩松翻看着那些画，当然都是一些很好的画。可是他那天穿着短袖衬衫，她长长的头发轻轻骚动着他的胳膊，令他没办法专注地看。

他感觉到她把头伸了过来，离他那么近。他的脸红了，他的心怦怦地跳个不停。

正在走神，卢月突然轻快地笑起来，用小小的白白的手挡住了他正在看的那一张画，说：“请不要看这张了，画得不好。”

毛岩松说："你画得很好。画画最重要的不是画得像不像，而是意境。你的每一张画，都有深远的意境，这是很难得的。"

卢月很高兴，她说："毛大哥，有时间你教我画画吧。"

毛岩松脱口而出，说："你画得这么好，我怎么有资格教你。"

说完这番话，他就想象到在小小的画室里，只有他和卢月两个人，她在认真画画，他从她身后伸出手来指导她的画面。这是多么好的画面，可他却说了多么蠢的话啊！

卢月却不好意思起来，她说："我在说什么呀，你这么忙，怎么有时间教我呢。"

毛岩松赶紧找补说："别这么说。哎？我倒是经常到北京图书馆来借书。下次咱们可以约好，一块儿过来。"

卢月说："太好了，那下次我再来写生就叫着你。到时候可要指导我啊。"

那一路上他们谈了很多，关于他借的那些书，关于外国的许多画派，关于文学，甚至关于春天的美景。毛岩松感到跟她谈话是那么的自然、顺畅。她是个多么聪明的女孩子，她知道那么多事情，对各种事情又是那么有见解。他陶醉极了，甚至忘了在心里咒骂什么都不懂的徐建国。

那一天毛岩松回宿舍的路上，几乎要跳起来。他嘴里哼起了歌。在分别的时候，他差一点要邀约卢月一起吃晚饭，可是终于还是没敢开口。不过那又有什么关系呢，他们一起坐两个半小时的车到北京图书馆去，到紫竹院去。他难道以后还没有机会跟她一起吃一次晚饭吗？

等来等去，两个月过去了，他没有等到卢月来约他。

这一天下课的时候，他下了教学楼，心情很急躁，却看到张晓秀站在路边。

他心里有一股无名火，假装没有看见她，快步地走着。

张晓秀却匆匆忙忙地追上来，拉住了他，他大力甩开了她的手，低声呵斥她："别在学校里拉拉扯扯，像什么样子。"

张晓秀吓了一跳，她从来没见过毛岩松这样。

可是她却定了定神，鼓起勇气，小声地，却又坚定地说："我有事情要同你说。"

毛岩松也从未见过张晓秀如此的神情，他便停下脚步说："你快点讲，我还有书要读。"

张晓秀竟然向他扑了过来。毛岩松吓了一跳，想要向后退，却被张晓秀强壮的手臂紧紧抓住。

她对着他的耳朵，说了她要说的事，这令毛岩松如同遭雷击。

这一天毛岩松如同行尸走肉一般回到自己的宿舍，从吴长明嘴里得知了关于卢月的重大新闻——比起白天时张晓秀告诉他的那个消息，这个消息更是给了他致命的一击。

"卢月，还没结婚，就怀孕了！她跟徐建国要结婚了！"

在场的男青年都七嘴八舌地说他瞎扯，问他有什么证据。

吴长明得意扬扬地说：“我有什么证据？八个月之后你们倒是等着看！”

八个月之后，卢月生下了一个女孩儿，取名叫徐夏，小名叫小五。

同月，张晓秀生下了一个儿子，取名叫毛峰。毛峰三岁那年，张晓秀因病去世。

毛岩松会在张晓秀忌日的时候去公墓看看她。他总是在张晓秀的墓碑前问：“你不是说要对我好一辈子？怎么这么快就抛下我跑了？”

1997 年，徐小五七岁，徐建国辞去了工厂的工作，去了一个私人企业。1999 年，在大规模国有企业改革的浪潮中，工厂里有几百名员工下了岗。原本不学无术的吴长明也在下岗的名单中，已经成为工厂党组织机构骨干的毛岩松替他说了几句好话，总算保住了饭碗。2004 年，卢月原先所在的二车间，后来成为通信技术部。因为内部斗争的关系，卢月被调岗到了人事行政部，成为毛岩松的下属。

2012 年 11 月 18 日，徐小五二十二岁生日那一天，卢月和徐建国正式离婚。

2013 年 8 月 2 日，卢月对毛岩松悔婚。一周之后，毛岩松痛定思痛，重整旗鼓，对卢月展开前所未有的追求。

“有一天，我问小月，你知不知道当年你交上去一张没署名的油画，我怎么会知道那是你画的？你猜她说什么？”

“我他妈怎么猜得到。”

“她说：我知道，我画的画，你一看就知道的。哈哈哈，你说说这个人，是不是成了精了？”

徐建国脸色很臭地问：“这又是什么时候的事，我怎么又不记得？”

毛岩松说：“就是你嘚嘚瑟瑟地在联欢会上给她唱什么《莫斯科郊外的晚上》的那一回！我看，你压根儿也不记得那回小月得了绘画一等奖吧？”

徐建国恼羞成怒地说：“你他妈这什么破单位，怎么下班这么晚？你这个副总裁是怎么当的？”

毛岩松摇着二郎腿说：“我可是退休了，别问我！”

两个老头儿，坐在路边的长椅上，一个手里拿着一兜苹果，一个手里拿着一兜橘子，一边斗嘴，一边在等同一个人下班。

图书在版编目（CIP）数据

妈妈离婚记 / 毛冷瞪著 . —厦门：鹭江出版社，2017.8
ISBN 978-7-5459-1332-3

Ⅰ. ①妈…　Ⅱ. ①毛…　Ⅲ. ①长篇小说－中国－当代
Ⅳ. ① I247.5

中国版本图书馆 CIP 数据核字（2017）第 080301 号

MAMA LIHUN JI
妈妈离婚记
毛冷瞪 著

出版发行：海峡出版发行集团
鹭　江　出　版　社
地　　址：厦门市湖明路 22 号　　邮政编码：361004
印　　刷：北京市十月印刷有限公司
地　　址：北京市通州区马驹桥北门口
民族工业园 9 号　　邮政编码：101102
开　　本：889mm × 1194mm　1/32
插　　页：2
印　　张：8.75
字　　数：175 千字
版　　次：2017 年 8 月第 1 版　2017 年 8 月第 1 次印刷
书　　号：ISBN 978-7-5459-1332-3
定　　价：38.00 元
